U0804324

读懂广州

Understanding Guangzhou

广州出版社
GUANGZHOU PRESS

文学里的广州·诗词

谢敏玉　余福智　编

“读懂广州”书系编委会

主　　任　杜新山

副 主 任　蒋述卓　陈晓丹

编　　委　林　岗　贺仲明　谢有顺　江　冰
张海鸥　申霞艳　陈崇正　罗　丽
李德南

执行主编　刘炬培

执行副主编　杨　斌　刘景明

执行编委（按姓氏笔画排列）
刘秀丽　江　冰　李　云　杨汤琛
吴　琪　余福智　张　华　陆智杰
高志斌　唐诗人　谢敏玉

[清] 黎简《碧嶂红棉图》（局部）

广州艺术博物院藏

[清] 苏六朋《东山报捷图》（局部）

广州艺术博物院藏

[清] 居巢《荔枝图》（局部）

广州艺术博物院藏

总序：从读懂广州到读懂中国

“十丈珊瑚是木棉，花开红比朝霞鲜。”羊城广州，一座繁花似锦的国家历史文化名城，也是海上丝绸之路发祥地、近现代民主革命策源地、岭南文化中心地及改革开放前沿地。作为岭南首府，广州自古商贸兴盛，人才荟萃。早在七八千年前，先民们已在这里辛勤耕耘、繁衍生息；唐宋时期，广州成为中国最早对外通商的城市、蜚声国际的贸易口岸；清代更肩负着“一口通商”的重任，千帆竞渡，商贾云集。新中国成立伊始，广州是连接中国与世界的“南大门”，是对外贸易的重镇，“南风窗”的称号名扬四海；改革开放以来，广州一直是走在改革前列的排头兵、对外开放的桥头堡，“敢为天下先”“敢饮头啖汤”的勇气和拼劲为人称道；进入新时代，广州再次勇立潮头逐浪前行，被赋予高质量发展的领头羊和火车头职责使命，奋力谱写实现老城市新活力、“四个出新出彩”的崭新篇章。

广州的历史厚重磅礴，广州的精神大度从容。站在新的历史起点上，如何通过读懂广州这座城市历史文化背后蕴含的中国精神、中国智慧、中国力量，更好读懂粤港澳大湾区、读懂中国，并在此基础上坚定文化自信自强，激发文化创新创造活力，推动文化发展繁荣，为建设社会主义文化强国、建设中华民族现代文明作出更大的广州贡献，这是一个值得深入探讨的命题。“读懂广州”书系之《文学里的广州》选择从文学作品的视角，试图解读这座历史文化名城的辉煌。千百年来，在这片热土上产生了一大批有强大生命力的文学精品，勾勒出一幅立体的广州“清明上河图”。要让这种生命力永不衰竭，就必须在继承的同时，坚持创造性转化、创新性发展。这也是出版“读懂广州”书系的初衷——从这里，读懂广州，并继承它开放包容、务实创新的文化品格。这种品格是历史留给广州的宝贵财富，也是人文湾区生生不息的精神动力。

文学是文化的核心，文化是城市的灵魂。《文学里的广州》围绕广州城市历史脉络，按照诗词、散文、小说、杂记四种体裁收录不同年代的名家名作。所选作品均以广州为背景，彰显历史、经济、民俗等领域的万千气象，富有浓厚的“广州特色”，将岭南传统文化之美与现代文化之新共融互通、交相辉映。每一篇作品都是一束炽热的光，能够穿越时代与今天的读者共情交流，让人们感受广州的文化力量。

朱光同志在《望江南·广州好》中写道：“广州好，凭眺越王台。千里江山来眼底，十年生息入诗裁。云海一天开。”抚今追昔，展望未来。从镇海楼到广州塔，从白云山到海心沙，广州凭借丰富的历史文化积淀、得天独厚的人文优势，走出了一条熠熠生辉的非凡之路。如今，广州正全面推进文化强市建设，这是弘扬红色文化、岭南文化、海丝文化、创新文化的时代亮点，也是中华民族文化自信自强的生动体现。期待这套书能成为一张城市文化名片，让人们领略老城焕新颜的独特魅力。

是为序。

"读懂广州"书系编委会

编者的话

广州，在三国之前被称为番禺。秦朝平定岭南后所置三郡之一南海郡，治所就在番禺。广州悠远深厚的历史文化，我们可以在历代诗人的吟咏中得到充分的了解。本书作为“读懂广州”书系之《文学里的广州》的诗词分册，主要遴选清代及清代之前与广州有关的有代表性的岭南诗词，希望读者能借此了解广州的人文。

本书选取了自东汉杨孚至清代丘逢甲等人的诗作，共七十四家一百二十一首，按时间顺序分为唐前、唐、宋、明、清五部分。

唐代以前，广州僻远，文献散佚，描写广州的诗歌流传甚少。本书以东汉杨孚《南裔异物赞·榕》开篇。杨孚是番禺人，他的《异物志》详细记载了古代岭南物产及风俗，每篇篇末设“赞”，系四言韵句，描述和赞美岭南各种珍奇之物，富有诗味。屈大均在《广东新语》中称《异物志》“诗之流也”，又称“广东之诗，实始于杨孚”。杨孚之后，著名的就是东晋吴隐之的《酌贪泉诗》。它不仅给广州留下了贪泉这样一个地理性的标志，更留下了一种清正廉洁的精神。自吴隐之以后，吟咏贪泉的作品历代不衰。到了南北朝时期，江总的《秋日登广州城南楼诗》提及“广州”一词，则可见在梁、陈时已有“广州”称谓。

唐代是我国诗歌空前繁荣的时代，然而唐代岭南诗作湮没甚多。唐玄宗初年，粤北山区寒门之子张九龄登进士第，官至同中书门下平章事、中书令。他是唐代重要的岭南诗人，“首创清澹之派”。除张九龄以外，唐代部分入选诗篇，作者主要是入粤名人，如杜审言、宋之问、张说、韩愈等，他们大多以北方人的眼光去打量广州，写广州的特殊景物。如贾至《送夏侯参军赴广州》“闻道衡阳外，由来雁不飞”写广州的僻远，王建《江馆对雨》“夜闻蛮语小江边”写广州的方言，宋之问《登粤王台》“地湿烟尝起，山晴雨半来”写广州的潮湿，刘言史《广州王园寺伏日即事寄北中亲友》“地偏毛瘴近，山毒火威饶”写广州的热……这些当地人司空见惯的事物，在入粤的北方人眼中，充满新奇感，于是就成了诗歌的题材。还有不少是登临怀古之作，如刘言史《越井台望》、许浑《登尉佗楼》、陈陶《南海石门戍怀古》等，从诗作中可以读出广州历史文化底蕴的厚重。

到了宋代，虽然何藻翔《岭南诗存》中说“广东宋诗存者尤鲜”，但宋代岭南诗人，还是有余靖、崔与之、李昴英等人的诗文集流传下来。余靖是韶州曲江（今广东韶关）人，曾以尚书左丞、集贤院学士知广州，他想尽办法恢复生产和对外贸易，为广州的发展做出了很大的贡献。他关注民生，还把广州西园开拓为供民众游乐的公园，其《寄题田待制广州西园》可看作是当时广州西园的导游图。苏轼被贬岭南，曾两度途经广州，游览白云山、南海神庙等胜迹；陈与义避难广州，念及国家沦丧，多次登上海山楼；杨万里、曾丰、刘克庄曾在广州做官，他们均留下许多诗篇，为广州增添了人文底蕴。南宋后期，有崔与之、李昴英二人，可称名家。李昴英曾协助崔与之解广州城之围，功闻于朝。南宋末年，文天祥在岭南抗元，从容赴难，其抒写的充满爱国激情的诗歌慷慨悲壮，令人动容。本书的宋代部分，除了选入大量记录文人风流的诗篇，还着重选取了描写广州名胜建筑和风土人情，如描写越秀山、景泰寺，蒲涧滴水岩、水帘洞，浴日亭、南海祠，海山楼、蜑户、荔枝等的作品，向读者展示了一幅幅广州风貌图。

明代最著名的诗歌活动就是结社南园。元末明初，以孙蕡为首的五位青年诗人，在广州的南园组织诗社，他们也被称为“南园五子”。五子中，以号称“岭南诗宗”的孙蕡成就最高，擅长不同风格，各体皆佳。嘉靖年间，欧大任、黎民表、梁有誉、李时行、吴旦等五人，继“南园五子”故事，又聚会于抗风轩，重振南园之风，被称为“南园后五子”。明末天启、崇祯年间，出现了黎遂球、邝露、陈子壮、陈邦彦等英豪，陈子壮、黎遂球等十二人复集南园，被称为“南园十二子”，以诗歌抒发其爱国情怀。本书的明代部分，多选用南园诸子作品，希望通过诗词的呈现，重现当年南园的盛况。

清朝，是学术和文艺繁荣时期。明末清初，屈大均、陈恭尹两位遗民诗人，以及同时期的梁佩兰，被称为“岭南三大家”。岭南三大家的作品对当时和之后的诗人产生较大影响，形成了具有地方特色的诗歌流派——“岭南诗派”“粤东（当时北方人爱称广东为粤东）诗派”。乾隆、嘉庆年间，出现了冯敏昌、黎简、宋湘等著名诗人；嘉庆、道光年间，有号称“粤东三子”的谭敬昭、黄培芳、张维屏。他们的诗歌作品，继承张九龄、南园诸子和“岭南三大家”以来形成的岭南诗歌健康的传统，“不受中原江左习气熏染”，岭南诗歌自成一派。

本书所选作品的作者，其身份主要有两类。一类是广州籍乃至岭南籍历史名人，如东汉杨孚是番禺下渡村人；宋代崔与之是广州增城人，李昴英是广州番禺人。另一类是历代入粤名人，他们或是主政广州，对广州的经济文化教育发展做出了贡献；或是被贬岭南，途经或流寓广州；或是游历广州。在甄选诗作时，尽量兼顾各时期的代表性诗人，注意选取最能代表诗人风格的佳作。

选择作品的内容主要分为六个方面，均带有明显的地方色彩：历史遗迹、人文风流、楼台建筑、山川名胜、气候物产、人情风俗等。由于本书选篇的意图在于反映广州历史文化，所以在选诗的过程中注重题材的广泛性，尽量顾及不同的诗歌题材。有些事物或题目，吟咏者多，佳作频出，但也只能选取其中二三具有特色者。如红棉，历代吟咏甚多，本书只选了陈恭尹《木棉花歌》、宋湘《木棉花》两首。因篇幅有限，有的作者作品多，数百上千首，佳作甚蕃，也只能选取其中一至几首。

岭南诗歌以“雄直”的诗风著称于中国诗坛。关于岭南诗歌的雄直之气，清人洪亮吉如此评价：“尚得古贤雄直气，岭南犹似胜江南。”陈永正解释“雄直”气时说，所谓“雄直”，是指“诗歌的境界雄伟，气势劲厉，音调高亢，直抒胸臆”，得“刚阳”之美。清代潘耒《羊城杂咏（其二）》专门评颂广州诗脉：

南园诗社明初盛，典籍才华最出群。
中叶欧梁推秀婉，末年黎邓擅清芬。
地偏未染诸家病，风竞堪张一旅军。
韶石凄清珠海阔，湘灵雅调至今闻。

明朝初年，以孙蕡为首结下的南园诗社，无论在典籍运用上还是在才华上，都属一流。所以说：“南园诗社明初盛，典籍才华最出群。”南园诗社的影响巨大，继承者陆续有人。比如欧大任、梁有誉、黎遂球、邓元宵，“中叶欧梁推秀婉，末年黎邓擅清芬”，其诗或秀婉、或清芬，都是佼佼者。对于南国诗坛，潘氏有自己的评价：“地偏未染诸家病，风竞堪张一旅军。”因为偏处一隅，反而不易受到恶劣的诗风感染。自弹自唱，个性鲜明，具有特别的雄风。最后作出小结：“韶石凄清珠海阔，湘灵雅调至今闻。”南国的诗，凄清阔大，保留着传统的“雅调”。潘耒此诗评论得当。

本书在甄选诗作时，注意选择能表现岭南“雄直”诗风的作品。如黎民表《粤台山怀古》抒发登高临远的历史沧桑之感，陈邦彦《狱中步文丞相韵》抒写匡国就难的坚贞不屈之志；再如陈恭尹《木棉花歌》写红棉绽放的英姿挺拔，王邦畿《扶胥观日出歌》写浴日亭日出的气势磅礴等。正如陈永正评岭南诗风：“种种因素，形成岭南强悍放犷的民风，粤人性情豪纵，富有进取精神，故诗语也多雄健发露。”

本书在甄选诗作时，除注意诗歌的思想内容外，还注意诗歌的艺术特点，尽量选取一些艺术性较高的作品，同时还考虑到要能充分体现岭南诗派的特点，对于著名的诗人，注意挑选其代表性作品，以更好地展现岭南诗歌的风貌。

为了便于广大读者阅读，每首作品包括“作者介绍”“注释”“诗意广州”三个部分。作者介绍除作者生平之外，还着重介绍其与广州的渊源。注释方面，对比较深曲难懂的词语作词义解释，对典故出处和历史事实尽量考核清楚，注意注释的准确性和通俗性。“诗意广州”是全书的重点，既要对诗词内容和背景进行解读，又要结合广州历史文化，用浅显易懂的语言解读作品，让普通读者真正可以通过诗词了解广州。为了提高读者对古典诗词的鉴赏力，对于诗句精妙之处，也有所解读与鉴赏，因此编者对此部分着力甚多。

历代吟诵广州的诗词，浩如烟海，本书由于篇幅所限，仅能选取沧海一粟。由于编写仓促，定当存在疏漏，敬请广大读者指正。

谢敏玉　余福智

目录

扫码可听名家诵读有声书

唐前

唐

宋

明

清

附录

唐前

南裔异物赞·榕[1]

东汉·杨孚

榕树栖栖[2]，长与少殊。
高出林表，广荫原丘。
孰知初生，葛虆之俦[3]。

（《太平御览》卷九百六十）

注释

1. 南裔异物赞：杨孚《异物志》，详细记载了古代岭南物产及风俗，保存了古代许多珍贵的史料。每篇篇末设“赞”，系四言韵句，描述和赞美岭南各种珍奇之物，富有诗味。屈大均《广东新语》称《异物志》“诗之流也”，又称广东之诗，始于杨孚。2. 栖栖：不安貌。这里用以形容榕树枝叶繁茂婆娑。3. 葛虆（léi）之俦(chóu)：指榕树初生时，枝条细软，像葛和虆的藤蔓植物一样。

作者介绍

杨孚，生卒年不详，字孝元，东汉番禺（今广州）人。汉章帝和汉和帝时，在当时的京城洛阳任议郎之职，以直言敢谏而著称。曾任南海县主簿。晚年住番禺下渡村，至今遗址有一口古井，称“杨孚井”。因杨孚曾移植河南洛阳松柏于宅前，故人们俗称其住地为“河南”，广州珠江南岸遂有“河南”之称。著有《异物志》（又称《南裔异物志》）。

- **诗意广州**

东汉的杨孚，留下一本著作——《异物志》。以北方人的眼光看，南方的榕树就属于“异物”。他用诗句描述榕树，简要而有情韵。

“榕树栖栖，长与少殊”，作者不用“栖栖”本义，只在强调榕树的枝叶繁茂，长大后与长大前大不相同。“高出林表，广荫原丘”，作者抓着榕树的特点写它的高大。高到别的树遮挡不住，广大到把原野和山丘都遮蔽起来。“孰知初生，葛虆之俦”，最后发表一点作者的感慨：谁知这大东西，初生时只属于野草一类。这一句不但和上文的“长与少殊”有呼应，而且设置了广阔的联想空间：看人看事要看到未来！

广州虽然并不称为榕城，人之爱榕，却也和其他广东人乃至南方人一致。广东乡村往往以榕树为社树。每到傍晚，百鸟归巢，鸣声上下，而劳作了一天的乡人，也来到宽阔的榕树头歇息，或坐卧，或谈笑，或听人“讲古”（讲故事），都在诗意地生活。今天广州虽然早已高楼林立，但“六榕”一个苏东坡题名，“七株榕”一个特色地名，都在表示它原来的榕荫覆盖着无限的诗意。

酌贪泉诗

东晋·吴隐之

古人云此水，一歃怀千金[1]。
试使夷齐饮[2]，终当不易心。

（《晋书》卷九十）

注释

1.歃（shà）：喝。2.夷齐：伯夷和叔齐的并称。

作者介绍

吴隐之，生卒年不详，字处默，东晋濮阳鄄城县（今山东鄄城北）人。史书记载其以清廉俭朴而受到人们的推崇景仰。东晋元兴元年（402），朝廷为整治岭南染污受贿风气，调任吴隐之为广州刺史。途经离广州二十里的石门镇，吴隐之借喝贪泉水赋诗一首，以表为政清廉决心。在广州任职期间，吴隐之不改其志，以身作则，整饬纲纪。皇帝诏书嘉奖他“处可欲之地，而能不改其操；飨惟错之富，而家人不易其服”。

· **诗意广州**

贪泉的故事，可谓自古说到今。几乎所有读过点古籍的人都会记得，广州城北有个石门，石门地头有个贪泉。据说，人一喝了贪泉的水，就会时刻想着发横财，做了官，贪赃枉法的事就接着发生。吴隐之这诗头两句，“古人云此水，一歃怀千金”，记录的就是此传说。

但吴隐之是什么人？他在东晋，早就以“清廉”名满天下。这回被派到广州来做刺史，就是负责在广州打击腐败的。当他途经石门时，特意跑到贪泉去，当着众人的面，咕咚咕咚一通喝水。这喝水的举动是在宣布：人们说喝了这水会生贪婪之心，我就不信，偏偏要喝，喝了不贪！我就像伯夷和叔齐那样，一生清廉，到死不变。什么都不能腐蚀我！诗的末二句，“试使夷齐饮，终当不易心”，写的就是这意思，很显豁，而且带着打赌的语气。

读过吴隐之这首《酌贪泉诗》，每个读者都会被他的人品感染。

临终诗

南朝宋·谢灵运

龚胜无余生[1]，李业有穷尽[2]。
嵇公理既迫[3]，霍生命亦殒[4]。
凄凄凌霜柏，纳纳冲风菌[5]。
邂逅竟几时，修短非所愍。
恨我君子志，不获岩下泯[6]。
送心正觉前[7]，斯痛久已忍。
唯愿乘来生，怨亲同心朕[8]。

（《汉魏六朝百三家集》卷六十六）

注释

1. 龚胜：西汉人。王莽篡汉，邀其出仕，因耻事二姓，绝食而死。2. 李业：东汉人。公孙述据蜀称帝，召他为官，不从，饮毒酒而亡。3. 嵇公：指晋人嵇康。司马氏掌权后，隐居不仕，后遭司马昭处死。4. 霍生：指晋人霍原。因不依附僭位的王浚，被杀。5. 冲风菌：迎风即死的菌类植物。6. 岩下泯：老死崖下，指隐居而终。7. 正觉：佛教徒以洞明真谛达到大彻大悟的境界为正觉，成佛也称为正觉。8. 心朕：同“心证”，谓心与佛相印证，意思是皈依佛法。

作者介绍

谢灵运（385—433），南朝宋陈郡阳夏（今河南太康）人。东晋名将谢玄之孙，袭封康乐公。后受弹劾谪徙广州，南朝宋元嘉十年（433）被诬告造反，就地行刑弃市。他是个美髯公，临刑时把须施给南海祇洹寺，作为维摩诘佛像的胡须。谢灵运被称为我国山水诗派之祖，有《谢康乐集》。

· **诗意广州**

谢灵运的心迹其实很复杂。看他这诗，前四句，连续以龚胜、李业、嵇康、霍原的事迹类比，透露出忠于旧王朝、耻事二姓的意思。

但他毕竟是士族中人，而且倾心于玄学和佛学，所以即使明知已到“临终”之期，也不肯露出半点惶急之状。接下来六句，写人生既有柏树经霜不凋之长青，亦有“朝菌不知晦朔”之短暂，诗人不在意生命的长短，只是叹息不得实现其归隐之志。这几句维持着表面的平静，保持着玄学家的特点。

那时，佛教势力颇大，谢灵运也有心归皈，所以就有结尾四句，用佛家的眼光看，就很希望在“轮回”中得到佛学的真谛，怨亲平等，都有一个美满的来生。

秋日登广州城南楼诗[1]

南朝陈·江总

秋城韵晚笛，危榭引清风。
远气疑埋剑，惊禽似避弓。
海树一边出，山云四面通。
野火初烟细，新月半轮空。
塞外离群客[2]，颜鬓早如蓬。
徒怀建邺水[3]，复想洛阳宫[4]。
不及孤飞雁，独在上林中[5]。

（《艺文类聚》卷二十八）

注释

1. 南楼：旧址不详。一说指广州南门城楼。2. 塞外：岭外。大庾岭上秦时有关，关外谓之塞外。3. 建邺：即建业（今江苏南京），当时是萧梁京都，陷于侯景之乱。4. 洛阳：此处以洛阳喻建康，表达自己心怀朝廷之意。5. 上林：本是秦皇、汉武的御苑名称，这里代指梁的御花园，表达了诗人渴望北归的心愿。

作者介绍

江总（519—594），字总持，祖籍济阳考城（今河南兰考）。南朝梁大宝元年（550）江总九舅萧勃担任广州刺史，江总从会稽前往投靠。从此流寓岭南。太平二年（557），萧勃作乱被杀。欧阳頠继任广州刺史。江总依附欧阳頠，颇受欧阳頠礼遇。南朝陈天嘉四年（563），被陈文帝召回建康，任中书侍郎。陈后主时，官至尚书令，世称“江令”。

· **诗意广州**

对广州城而言，江总是个异乡人。他流寓岭南十余年，先后依附广州刺史萧勃、欧阳頠。家园丧失的沉痛，寄人篱下的辛酸，在登高临远之时，显得分外真切。即便如此，1600 多年前的广州城郊秋夕景致，在江总笔下，依然朴素而清丽。

秋城晚笛，不同于北方边塞的羌笛。这是傍晚孩童牧牛而归时吹响的竹笛。“韵”字，写它的声音和谐而悠扬。接下来写远眺所见，落日时分，霞光变幻，鸟群还巢，时不时从田野上急促掠过。“海树”，让广府人倍感亲切，广府人习惯把江称为海。那时珠江水域辽阔，茫茫一片，辨不清对岸，所以有“海树一边出”的感觉。秋收后的田野，农民焚烧枯草稻梗积肥，火堆隐约可见，细烟袅袅升起，半轮新月已挂在半空。从暮色到夜色，可知江总在城头站了很久，千年前的广州城郊田野风光安抚着一位落魄的异乡人。

唐

南海乱石山作[1]

唐·杜审言

涨海积稽天[2]，群山高嶪地[3]。
相传称乱石，图典失其事。
悬危悉可惊，大小都不类。
乍将云岛极，还与星河次。
上耸忽如飞，下临仍欲坠。
朝暾赩丹紫[4]，夜魄炯青翠[5]。
穹崇雾雨蓄，幽隐灵仙闷[6]。
万寻挂鹤巢，千丈垂猿臂。
昔去景风涉，今来姑洗至[7]。
观此得咏歌，长时想精异。

（《文苑英华》卷一百六十一）

注释

1. 乱石山：清顾祖禹《读史方舆纪要》载，乱石山，在（广州）府东北二十里。山高险，与白云山相连。2. 稽天：至于天际。稽，至。3. 嶪（yè）：高耸的样子。4. 朝暾（tūn）：朝阳。赩（xì）：赤色。5. 夜魄：月亮。6. 闷（bì）：关闭。7. 姑洗：农历三月。古时以月令配十二律，律中第三叫姑洗，对应季春三月。

作者介绍

杜审言（约645—708），字必简，祖籍襄阳（今属湖北），是“诗圣”杜甫的祖父。唐神龙元年（705），流放岭南峰州。杜审言经广州抵达峰州（今越南境内）。神龙三年（即景龙元年，707），杜审言遇赦北归。今人徐定祥有《杜审言诗注》。

· **诗意广州**

杜审言曾被贬到安南（今越南境内），去时可能已经到过广州。这时他得到朝廷召回，再过乱石山，当然喜上眉梢。

前四句总起。说此山前临南海，海水漫天；而山的本身，则巍峨高峻。不过，经典都没记载它，只是相传叫它作乱石山。

中间十二句从各个不同的角度描述这座乱石山。这里景物众多，而全都令人惊异。放眼云遮雾绕的海岛，竟好像可以上接天河。站在山上，再向上便有飞的感觉；而向下一望，却深恐会跌落深渊。早上这儿一片嫣红，傍晚则青翠烂漫。你可以想象，雨雾可以在山里潜藏，而仙人也可以在此隐匿。悬崖峭壁千丈万丈，鹤筑巢，猿攀跃，充满活力。在杜审言充满想象力的笔下，广州的白云后山是充满诗意的。

最后四句，作者交代过一来一去的经历后，做了小结，直言这地方实在令他难忘，因为乱石山确实是精品，也是异品。

登粤王台[1]

唐·宋之问

江上粤王台[2]，登高望几回。
南溟天外合[3]，北户日边开[4]。
地湿烟尝起，山晴雨半来。
冬花采卢橘，夏果摘杨梅。
迹类虞翻枉[5]，人非贾谊才[6]。
归心不可见，白发重相催。

（《宋之问集》卷下）

注释

1. 粤王台：越王台，为南越王赵佗所筑，故址在今广州越秀山上。2. 江：珠江。即粤江，因在广州市内一段中有一沙洲名“海珠”，故名“珠江”。《读史方舆纪要》：“（三江）江中有海珠石，是曰珠江。”3. 南溟：南海。广州位于南海边。4. 北户：古国名。亦借指南方边远地区。5. 虞翻：三国时吴骑都尉，为人正直疏狂，因触怒孙权，被流放南海。6. 贾谊：汉文帝太中大夫，博学多才，因被妒忌，出任长沙王太傅。

作者介绍

宋之问（约656—713），又名少连，字延清，汾州（今山西汾阳）人。唐神龙元年（705），因曾依附张易之兄弟受牵连，被贬泷州(今广东罗定)参军。被贬途中，逃回洛阳，再为鸿胪主簿。景云元年（710），流放钦州（今广西钦州），后被赐死于徙所。工诗，与沈佺期齐名。有明人所辑《宋之问集》二卷行世。

· **诗意广州**

宋之问多次被贬岭南。那是唐代，岭南还是极荒凉的。宋之问当然思乡，而登高骋望，更撩拨起归心。

那时的自然环境与现在不同，从粤王台俯瞰，民居不多而江流阔大，所以宋之问就直写“江上粤王台”。他一回又一回地登台骋望，当然是因为思乡。而他看到的，南边是茫茫大海。北边呢？他说北边是“日边”。“日边”其实是有寓意的，那就是在帝王身边。他表明，其思乡也带着忠君的因素。

中间四句，是写广州的特殊景物。广州第一个特点是“湿”：水气弥漫，烟雾腾腾；即使山晴，雨意犹在。广州第二个特点是果品多而为北方人所少见：冬天有卢橘，夏天有杨梅。这里真是个好地方！

最后四句，写的是作者自己的感慨：他认为自己被贬岭南，“枉”得像历史上的虞翻，命运又比不上贾谊，太不受重视了。流落天涯，白发丛生，可悲啊！

广州江中作

唐·张说

去国岁方晏[1]，愁心转不堪。
离人与江水，终日向西南。

（《张燕公集》卷八）

注释

1. 去国：离开国都。

作者介绍

张说（667—730），字道济，一字说之，河南洛阳人。张说一生历武后、中宗、睿宗、玄宗四朝，屡遭升谪，曾三任宰相。玄宗朝封燕国公。唐长安三年（703），因不肯诬陷魏元忠，忤旨而被流放至钦州（今广西钦州）。前往钦州时，曾借道广州乘船。有《张燕公集》等。

· 诗意广州

张说毕竟武将出身。虽然遭受贬谪，其诗句还是爽朗的，和那些怨怨艾艾的诗人有着明显的区别。

第一句，是“起”，“去国岁方晏”，说自己正在年近岁晚时离开朝廷。第二句，是“承”，“愁心转不堪”，他是有心为朝廷效力的，现在被贬离开京城，有国难投的心情难以忍受。第三、四句，是“转”与“合”，“离人与江水，终日向西南”，唐时广州的交通主要通过水路。张说被贬的去向是钦州，在广州的西南方向。张说只是含蓄地说，自己和水流都不停地向西南进发。但他用了“终日”两个字，那种烦躁的心情也就显露出来了。

广州，虽然地属南蛮，但中原文化人士却往来不绝。经过广州，诗人们都不禁搦笔为诗。张说只不过在江上经过，也留下了这首《广州江中作》。

使至广州

唐·张九龄

昔年尝不调，兹地亦邅回[1]。
本谓双凫少[2]，何知驷马来[3]。
人非汉使橐[4]，郡是越王台[5]。
去去虽殊事，山川长在哉。

（《曲江集》卷四）

注释

1. 邅（zhān）回：邅迴，艰行不进的样子。2. 双凫（fú）：汉扬雄《解嘲》，“乘雁集不为之多，双凫飞不为之少”。此句说本以为自已对朝廷已是多余的人。凫，野鸭。3. 驷马：四匹马驾的车，指高官的座驾。4. 汉使橐（tuó）：《史记·陆贾传》载，陆贾为汉高帝出使南越，劝说南越王尉佗归顺汉廷。尉佗大喜，赐陆生橐，价值千金。橐，口袋。5. 越王台：为南越王赵佗所筑，故址在今广州市越秀山上。

作者介绍

张九龄（673或678—740），又名博物，字子寿，韶州曲江（今广东韶关）人。七岁能文，被张说誉为“后出词人之冠”。玄宗时官至同中书门下平章事、中书令，是唐开元年间（713—741）的贤相，以正直著称。后受李林甫排挤，被贬为荆州长史。卒后谥文献。著有《曲江集》。

· 诗意广州

从诗题有个“使”字看，张九龄这回到广州，是带着公务的。是什么公务？看历史记载，他曾代表朝廷出祭南海神庙，又曾以桂州刺史兼岭南道按察使的身份巡视岭南。

此诗第一、二句是回忆“昔年”的事。他说：作者本人长久得不到升迁，倒霉！而广州呢，这地方“遭回”！那时广州荒僻得很，同样阻滞。这么一写，人和地就显得同病相怜，亲切起来了。

第三、四句说的是当下的事：本来自己都觉得自己是个多余的人了，不料竟化作高官而来。自己都觉得不可思议啊！“何知驷马来”，看这语气，有点自嘲。

倒霉和高官，这反差太大，不免感慨起来，想想历史吧。广州，原来就是越王的领地，现在还有个越王台作证。但是，百年人事几番新。从前同样出使而来的人，最著名的就是陆贾了。只可惜我不是他。他说服尉佗归附朝廷，于是尉佗一橐千金地赠他。他有他的时运，我可没有。时运不同啊！历史就是这样，“去去虽殊事，山川长在哉”，山河永在，而各人碰到的事，有机遇还是没有机遇，则各不相同。没办法的，顺其自然吧！从语气判断，他的心情很复杂。

送广州周判官

唐·张九龄

海郡雄蛮落[1]，津亭壮越台[2]。
城隅百雉映[3]，水曲万家开。
里树桄榔出[4]，时禽翡翠来。
观风犹未尽[5]，早晚使车回。

（《曲江集》卷四）

注释

1. 蛮落：古时称岭南为南蛮之地。2. 津亭：建在关津渡口的驿亭。3. 百雉（zhì）：一雉之墙长三丈，高一丈。百雉之城是大城。4. 桄（guāng）榔：一种常绿乔木。5. 观风：古时中央朝廷派员到各地观察民风，了解民情。

· **诗意广州**

从诗意分析，那时周判官要到广州，而张九龄是在京送别的。张九龄到过广州，提起广州，就热情无限。所以他这首送别诗，格局也与众不同。前面六句都在凝想广州的景物，而且措辞十分传情。

“海郡雄蛮落，津亭壮越台”，这地方虽然是边城，在少数民族地域，但无论是渡口的亭子，或山上的越王台，都显出“雄”“壮”。“雄壮”，正是张九龄对广州城的一个概括形容。

“城隅百雉映，水曲万家开”，城墙很长，临水而建，人口众多。在张氏的印象中，广州多么阔大繁华！一个“映”字，一个“开”字，就把欣欣向荣的景象写出来了。

还有，广州特殊的物产，也是很吸引人的。“里树桃榔出，时禽翡翠来”，“桄榔”“翡翠”，你在北方就见不着。用了“出”“来”两字，那些特产就更加活泼了。

最后，应题两句也是别出心裁的。周判官这回受命去“观风”，广州的风物，如前所述，美不胜收，你“观”得完吗？什么时候才肯回京？——末两句作打趣的语气看，这诗就更有情味了。

与王六履震广州津亭晓望[1]

唐·张九龄

明发临前渚[2]，寒来净远空。
水纹天上碧，日气海边红。
景物纷为异，人情赖此同。
乘槎自有适[3]，非欲破长风[4]。

（《曲江集》卷四）

注释

1. 王六履震：王履震，排行第六。2. 明发：黎明。3. 槎（chá）：木筏。有适：有前往的目的地。4. 破长风：比喻志向远大。南朝梁沈约《宋书·宗悫传》："悫年少时，炳问其志，悫曰：'愿乘长风破万里浪。'"

· **诗意广州**

唐开元四年（716），张九龄受排挤，离开朝廷回乡。第二年，他曾和王履震等人到广州一游。这诗宣达的就是他当时的心情。

第一联扣着题上的“津亭晓望”四字写：清早来到江边，望着远处。天寒时候，天空特别明净。

第二联，“水纹天上碧，日气海边红”，写海景，是“明净”的发挥：水映蓝天一色，朝阳升处通红。在唐代，广州就在海边，把海边景色写得如此壮美，简直是在为广州打广告哩！

第三联，为照应题目，必须提及“人情”：他是和王履震等人同来的，所以特别指出“景物”不管有多大的“异”，而“津亭晓望”的人则有共“同”的感慨。

在海边容易产生什么感慨呢？第一，传说有“乘槎”访星河；第二，历史故事有宗悫要“乘长风破万里浪”。这些身无官职的闲人，能有什么感慨呢？张九龄的意思是说，乘风破浪是不敢望了。船则是有的，不过，这船往哪里去，却由它自己决定。

赠别元十八协律（其六）[1] ——唐·韩愈

寄书龙城守[2]，君骥何时秣[3]。
峡山逢飓风[4]，雷电助撞捽[5]。
乘潮簸扶胥[6]，近岸指一发。
两岩虽云牢[7]，水石互飞发。
屯门虽云高[8]，亦映波浪没。
余罪不足惜，子生未宜忽。
胡为不忍别，感谢情至骨。

（《五百家注昌黎文集》卷六）

注释

1. 元十八：元集虚，排行十八，河南洛阳人，曾任协律郎。2. 龙城守：指柳州刺史柳宗元。龙城，柳州。唐元和十年（815）三月，柳宗元被贬为柳州刺史，于是自称为龙城守。3. 骥：千里马，这里既是赞马，也是赞人。秣(mò)：喂。4. 峡山：即中宿峡，又称飞来峡，在今广东清远东。5. 捽(zuó)：碰撞。6. 扶胥：古地名，今广州东郊黄埔港庙头村，南海神庙所在地。7. 两岩：指珠江口大、小虎山。又名虎头山，俗称虎头门。8. 屯门：屯门山，又称青山。唐时为广州外港，为古时珠江交通要道和海防军事要塞。

作者介绍

韩愈（768—824），字退之，河南河阳（今河南孟州）人。唐元和十四年（819），因上《论佛骨表》，力谏阻唐宪宗“迎佛骨入大内”获罪，被贬为潮州刺史。苏轼称其“文起八代之衰，而道济天下之溺”。有《昌黎先生集》。

- **诗意广州**

唐元和十四年（819），韩愈即将到潮州之前，柳宗元的朋友元十八奉桂管观察使裴行立之命来潮州探视韩愈，相逢于广州和潮州之间。元十八来访，韩愈和他惺惺相惜，相别时写下六首赠别诗。这是最末一首。

“寄书龙城守，君骥何时秣”，用的是临别时的语气：我已把你即将回归的信息寄给柳宗元了，你什么时候动身？

韩愈的诗，是很讲究出人意表的。一般的赠别诗写法，开头之后应该是就去者的路途下笔的。但他偏偏从自己的、同时也是人家的来路着笔，记叙一路来的惊险：在飞来峡遇上飓风加雷电，到广州差点靠不了岸，经虎门遭遇山体滑坡，然后从屯门进入波浪滔天的大海。如此惊险，我当然是害怕的，但我无法逃避；你其实没有必要这样冒险。而你还是要来探望我，因此我实在感动。所以说“余罪不足惜，子生未宜忽”：我是戴罪之人，死活无所谓；可你不应冒这险啊！

想到对方冒险的情谊，真的不胜感谢，于是说“胡为不忍别，感谢情至骨”：我为什么在别时这么动情呢？因为感谢你的情谊深到入骨啊！这是首别具一格的赠别诗。

送夏侯参军赴广州

唐·贾至

闻道衡阳外，由来雁不飞[1]。
送君从此去，书信定应稀。
云海南溟远，烟波北渚微[2]。
勉哉孙楚吏[3]，彩服正光辉。

（《文苑英华》卷二百七十一）

注释

1. 雁不飞：相传北雁南飞过冬，至衡阳便歇翅停回，故有“雁不过衡阳”的说法。广州在衡阳的南边，是大雁飞不到的地方。此句写广州的偏僻荒凉。2. 北渚：当指洞庭。此时贾至在岳州。3. 孙楚：西晋太原中都人。“才藻卓绝，爽迈不群”，先后为石苞、王骏参军，后世用以美称参军。

作者介绍

贾至（718—772），字幼邻（一作幼幾），河南洛阳人。贾至诗文颇有盛名，常与李白、贺知章等名人交游，杜甫曾评其诗“雄笔映千古”。《全唐诗》收存其诗一卷。

· **诗意广州**

贾至是没有到过广州的。他送夏侯某君往广州做“参军”时，自己也是被贬之身，任岳州司马。参军和司马都是闲官。唐代士人大抵都怀着要在帝王身边做一番大事业的宏愿，被贬在长安之外做闲官，心情之恶劣，不问而知。但唐代士人又是很有修养的，即使心怀不满，也只是用比较委婉的语言写诗，把心情若隐若现地表露一下而已。这首诗就是个好例子。

“闻道衡阳外，由来雁不飞”，这句紧扣题中的“赴广州”写。着眼点在“远”。传说北雁南飞，飞不过衡阳，而广州还在衡阳外一千里。

于是作者就说：“送君从此去，书信定应稀。”既然这么“远”，以后通信就难了。

至于心情嘛，“云海南溟远，烟波北渚微”，你在南海看看云涛翻卷，我在岳州看看烟波澹荡。心情其实是一样的，都感受着“远”和“微”：都不受亲近、不被看重。咱们心照不宣好了。

不过，离别之际，还是要对朋友说句劝勉的话，“勉哉孙楚吏，彩服正光辉”：你虽然只是个参军小吏，衣服却是光鲜着哩。寓意是什么？起码是“自爱”吧。文辞委婉，这就显出修养来了。

江馆对雨

唐·王建

鸟声愁雨似秋天，病客思家一向眠[1]。
草馆门临广州路，夜闻蛮语小江边[2]。

（《全唐诗》卷三百一）

注释

1. 一向：一直。2. 蛮语：南方少数民族的言语。这里指粤方言。

作者介绍

王建（768—835），字仲初，许州颍川（今河南许昌）人，中唐诗人，善乐府诗，与张籍合称“张王乐府”。王建出身贫寒，半生潦倒。曾任岭南幕府从事，居于岭南数年。有《王建诗集》《王司马集》等。

· **诗意广州**

这首诗的主题，是抒发思乡之愁。

王建是中唐时期在岭南节度使幕府工作的。因工作关系，常往来于桂林和广州之间。那时要走水路，慢，夜间要在江边客店投宿。

首句，“鸟声愁雨似秋天”，听得到鸟声，指的应该是白天。鸟儿其实没有感情，但人有，可以“移情”。说鸟“愁雨”，其实是人在雨中发愁。因为下雨，天气也凉丝丝的，“似秋天”了。这句扣着题中“对雨”两字，而落脚点则是个“愁”字。

次句，“病客思家一向眠”，是从第一句的“愁”延伸过来的。之所以“愁”，是因为“思家”。为强调思家的愁，就声明自己是“病客”，一直躺着。

第三句，扣题上的“馆”字。江边客店条件很简陋，所以王建称之为“草馆”。特别提起馆前就是“广州路”，那是因为他思家心切，想着如何取道广州回乡。

第四句，以“江”字扣题。客子思乡，最怕孤零。而入耳都是方言土语，就更撩起孤独感。“夜”而“闻蛮语”，可见他一想到可以经过广州回家，就睡不着觉。为什么？“愁”啊！

唐诗高手遣词造句的表现力强，而且关联、照应得很好。这诗是“广州路”上的一朵香花。

越井台望[1]

唐·刘言史

独立阳台望广州，更添羁客异乡愁。
晚潮未至早潮落，井邑暂依沙上头[2]。

（《全唐诗》卷四百六十八）

注释

1. 越井台：即越王台。2. 井邑：乡村、城邑。

作者介绍

刘言史（？—约812），邯郸（今属河北）人。早年乡居耕种。唐大历十年（775）后，曾漫游山西、河南、陕西、广东、广西、江苏、湖北、湖南、浙江等地。曾出仕，因事谪居岭南多年。与当时诗人孟郊、崔峒、清江等人有密切交往。工诗，风格近李贺。有《刘言史歌诗》六卷，已佚。《全唐诗》存诗一卷。

· 诗意广州

这首诗是写“羁客异乡愁”的，这五个字出现在第二句。

第一句写源起。他这时站在越井台上俯瞰广州。广州，在他来说就是“异乡”。开头声明“独立”，显得孤单。这就使第二句的“更添”有了根据。两句十四个字，多一个累赘，少一个达意不清。这诗人真有本领。

诗人本领还在于选取题材角度。广州那时临海，潮涨潮落，面貌变化很大。在早潮和晚潮之间，原来茫茫一片的海景，会露出一大片沙洲，而所有的建筑物，就好像依托在沙洲上。这种情景是别的城市所没有的。作者敏锐地抓住这个特色，就写出了末尾两句：“晚潮未至早潮落，井邑暂依沙上头。”不过，请注意，写诗光会选材还是不够的，还得善于抒情。末句那个“暂”字，轻轻巧巧就把作者的感情色彩加上去了：沙洲出现是暂时的，刘言史来广州不也是暂时的吗！——至少他自己会觉得现在只是“暂依”广州而已，而暂依广州，在他的脑海中，和“暂依沙上头”恐怕没有很大的区别。

广州王园寺伏日即事寄北中亲友[1]

唐·刘言史

南越逢初伏，东林度一朝[2]。
曲池煎畏景，高阁绝微飙。
竹簟移先洒[3]，蒲葵破复摇。
地偏毛瘴近，山毒火威饶。
裛汗絺如濯[4]，亲床枕并烧。
堕枝伤翠羽，萎叶惜红蕉。
且困流金炽[5]，难成独酌谣[6]。
望霖窥润础[7]，思吹候鸣条。
旅恨生乌浒[8]，乡心系洛桥[9]。
谁怜在炎客，一夕壮容销。

（《全唐诗》卷七百七十）

注释

1. 王园寺：今广州市内之光孝寺。因该地原系南越王赵佗玄孙赵建德的古宅，故名。伏日：一年中最热的时日。伏日又称三伏，即初伏、中伏、终伏。2. 东林：庐山有东林寺，在此代指广州王园寺。3. 竹簟（diàn）：竹席。4. 裛（yì）：沾湿。絺（chī）：古代指细葛布。5. 流金：金属也熔成液体，形容气候酷热。6. 独酌谣：南朝陈后主陈叔宝有《独酌谣》，此句意思是天热得无法饮酒、赋诗。7. 础：承柱石。古人有“础润而雨”之说，即柱下石湿润，预示天要下雨。8. 乌浒：古代南方少数民族名。这里泛指岭南地区。9. 洛桥：洛水桥，即今洛阳天津桥。

· **诗意广州**

刘言史是河北人，被贬到岭南，最不可耐的是炎热。这首诗的题目，前面点出写作地点，后面写出所寄的人，要害则在中间四字——“伏日即事”。伏日，正是广州最炎热的日子。他在诗一开头就入题，提到“初伏”。再用一句关照着题中的“王园寺”，然后就从前前后后左左右右写广州之炎热：池水是“煎”着太阳，蒲葵扇扇个不休。地头多瘴气，更多热毒。即使你穿着薄薄的夏衣，整天还是像从水里捞出来似的。你想上床睡吧，那枕头也烫人。别说人了，连鸟儿也热昏了从树上掉下来，青绿的蕉叶会变得焦红，看到就令人伤心、怜惜。这样的环境人怎么过？那就在炽热中硬挺呗，集中精力挺，可别想唱歌了！这时，最渴望的是下雨，所以时常去看看石础，看它润湿不润湿。又很想起风，所以总等着树枝被风吹响。

——来到岭南这未开化的地方，只是遗憾再遗憾。我是多么想回到洛桥去啊。我在这里的确很可怜，可是谁会可怜我呢？只一夜，我就消瘦了！

广州试越台怀古[1]

唐·黄滔

南越千年事，兴怀一旦来[2]。
歌钟非旧俗，烟月有层台[3]。
北望人何在，东流水不回[4]。
吹窗风杂瘴，沾槛雨经梅。
壮气曾难揖，空名信可哀。
不堪登览处，花落与花开。

（《黄御史集》卷四）

注释

1. 越台：即越王台。2. 一旦：一天之间。3. 层台：重台，高台。4. 东流水：东逝的流水。比喻事物消逝，不可复返。

作者介绍

黄滔（840—911），字文江，莆田（今属福建）人。唐咸通十四年（873），黄滔第二次落第，南游广州，同年再南游登罗浮山。乾符元年（874）春末，黄滔于广州参加州试且通过，受到奖录。历经名场24年，于乾宁二年（895）始登进士第。工诗能文，尤长律赋。有《黄御史集》。

- **诗意广州**

黄滔于唐乾符元年（874）在广州参加州试，这首是应试诗，十二句，中间四联要对仗，平仄粘对一如律诗。对于应试诗，考官最要看的是合不合规格，而应试的士子也在规格上特别小心。

诗题是“越台怀古”，这诗的第一、二句就点题：“南越千年事”点“越台”，“兴怀一旦来”点“怀古”。

第三、四句就“越台”展开，先说台里的“歌钟”，因为“古”，经历了一段光阴，旧俗也变了。但台的建筑、台上的烟月却没变。这两句写变与不变，思维和文字运用都很灵活。

第五、六句开始，转入“怀古”的内容。他发的是一般北方人的感慨：向故乡所在的北方望去，看不到想见的人，而东流之水则去个不休。第七、八句写他眼中的广州：风里杂着瘴气，雨要经过梅岭到来，都是“南蛮之地”的特色。第九、十两句把自己的遭遇小结一下：即使有锐气也被消磨，即使得个名衔也毫无意义。

最后两句要总结全诗。“登览处”就是越台，“不堪”就概括着诗里所有的感触。应试诗不能没有感慨，但也不能感慨得太重，用“花落与花开”代表感怀者复杂的情绪，是种聪明的美学装饰。

这首诗处处都合规格，而在需要一般化的要求里写得不一般，是作者的成功所在。

登尉佗楼[1]

唐·许浑

刘项持兵鹿未穷[2]，自乘黄屋岛夷中[3]。
南来作尉任嚣力[4]，北向称臣陆贾功[5]。
箫鼓尚陈今世庙，旌旗犹镇昔时宫。
越人未必知虞舜，一奏薰弦万古风[6]。

（《丁卯诗集》卷上）

注释

1.尉佗楼：旧址在广州南越王庙内，已毁。尉佗，即赵佗。2.鹿未穷：鹿，逐鹿，意思是争夺天下。此句说刘邦、项羽争夺天下胜负未决。3.黄屋：古时帝王所乘之车，用黄缯为车盖里布，叫黄屋车。此句写赵佗在海滨自立为王。岛夷：岛居的夷民。代指南方人民。4.任嚣：秦二世时，任嚣任南海尉，病危时召赵佗，命他继任南海尉。秦灭，赵佗自立为南越武王。5.陆贾：汉初楚人，辅刘邦建汉王朝，有辩才，多谋略。汉高祖、汉文帝先后派陆贾到广州，说服赵佗归顺汉朝。6.薰弦：指舜乐。相传舜曾作五弦琴，歌《南风》,其辞曰:“南风之薰兮,可以解吾民之愠兮。”

作者介绍

许浑（约791—约858），字用晦（一作仲晦），润州丹阳（今江苏丹阳）人。诗中多写雨、水，故有“许浑千首湿”之称。唐大中年间(847—860)，任监察御史，同年赴命广州都督府，四处游览，留下诸多描写岭南风光的诗篇。晚年回故乡润州闲居终老。有自编诗集《丁卯集》。

· **诗意广州**

中唐诗人许浑登上尉佗楼，想起南越国这段历史，不禁感慨系之，特别赞赏了尉佗。

尉佗值得赞赏的是什么？他的优点是：该独立便独立，该臣服就臣服。诗的前四句说的就是这段历史：在楚汉相争时，尉佗听从了任嚣遗言，自己独立建国，不卷入中原战乱。等到汉室安定后，陆贾来劝降，他就表示归附汉室，同样让岭南人民避免了战火。

由于尉佗对南越人民真有贡献，所以南越人民一直怀念他，以至他的祠庙在唐时还保留着他的“箫鼓”“旌旗”。

一个中原人，来到岭南，天然地负有文化启蒙的责任。而尉佗，除了审时度势建国与归顺外，在少数民族地区传播华夏文明，也是他的一大功绩。诗的最后两句说的正是这意思，只不过用的是文艺的表达方式罢了：越地的土人也许连虞舜是什么人也不知道，但经过尉佗在文化建设上的努力，土人也就接受了中原文明。

朝台送客有怀[1]

唐·许浑

赵佗西拜已登坛，马援南征土宇宽[2]。
越国旧无唐印绶[3]，蛮乡今有汉衣冠。
江云带日秋偏热，海雨随风夏亦寒。
岭北归人莫回首，蓼花枫叶万重滩[4]。

（《丁卯诗集》卷上）

注释

1. 朝台：故址在赵佗城西北的象岗山上。相传汉文帝遣陆贾出使南越，说服赵佗称臣。赵佗因冈作台，用以遥拜汉帝，故名。2. 马援：东汉名将。东汉建武十七年（41），交趾郡有变，马援出师两年，平定交趾。交趾，越南的古称，汉朝疆域扩展到今越南北部地区。3. 越国：指赵佗自立为王的南越国。国都位于番禺（今广州），疆域包括今天的广东、广西两省区的大部分地区，福建、湖南、贵州、云南的一小部分地区和越南的北部。唐：唐尧。尧，传说中陶唐氏部落首领，受封于唐，故称陶唐氏。后禅让帝位给舜。印绶：官印的绶带。古时印绶有不同质地、不同颜色，与印纽配合，以显示身份。4. 蓼（liǎo）：植物名。为一年生或多年生草本。

· **诗意广州**

许浑是个胸怀大志的人。古代文人的大志，概而言之，是要在帝王身边出谋划策。而身在广州，距离京都遥远之极。他当时的心情会是如何？这首诗有所反映。

首联讲历史，赵佗被陆贾说服，筑朝台向北朝拜汉天子，陆贾算个功臣。其次是马援，南征交趾拓展疆土，也是功臣。

但可惜这里的立功机会确实很少。“旧无唐印绶”，表示朝廷并不重视。文明程度也只在衣冠上表现出来。总之，是个蛮乡，到这里来是很难实现自己的大志的。

这蛮乡真和故乡不同。太阳照着时，秋天也热烘烘。一时间风来雨到，即使是夏天也觉着有寒意。总之是感到难以理喻。

尾联照应题目上的“送客”：朋友回北方，就别眷恋这里了。这里有什么？“蓼花枫叶万重滩”，除了水草还是水草。表面上是对“客”说，实际是说给自己听。许浑明显是在抒发自己的失意。

石门戍[1]

唐·李群玉

到此空思吴隐之[2]，潮痕草蔓上幽碑[3]。
人来皆望珠玑去[4]，谁咏贪泉四句诗[5]。

（《李群玉诗集》后集卷五）

注释

1. 石门戍：在今广州西北三十里，小北江与流溪河在此汇合，两岸有山对峙，是古代戍守广州水道的隘口。戍，指哨所。2. 吴隐之：东晋人，广州刺史。3. 碑：指石门碑，上刻有“贪泉”二字。贪泉古碑已不存，后明代人李凤重刻。李碑现存广州博物馆碑廊内。4. 珠玑：泛指各种珍宝。5. 四句诗：指吴隐之的《酌贪泉诗》。

作者介绍

李群玉（约 808—862），字文山，澧州（今湖南澧县）人。工书能诗，不乐仕进，屏居澧州十年。曾南游广州、桂州，依岭南节度使李玭。有《李群玉诗集》。

李群玉经过石门，想起了吴隐之。很有感慨。什么感慨？你琢磨一下“空思”两个字，就知其意了。吴隐之在李群玉眼里，是几百年前的古人了。那是位著名的清廉官吏。他之所以值得“思”，就是因为从他之后，来广州的官吏都没有他那么高的品格。但李群玉觉得，“思”也没用，第二个吴隐之还是不会出现，所以说是“空思”。

怎样证明是“空”？请看吧：刻有他咏贪泉诗的字碑，早被潮水漫浸、野草蔓生，谁还爱惜它？碑没人爱惜，还不是因为人早已被遗忘？

这首诗比较直白，从传统诗法上说，欠含蓄，不大合标准。但诗人直抒对贪腐官场的愤恨之情，也是很能得到百姓共鸣的。

广州陪凉公从叔越台宴集[1]

唐·李群玉

一径松梢踏石梯，步穷身在白云西。
日衔赤浪金车没，天拂沧波翠笠低。
高鸟散飞惊大旆[2]，长风万里卷秋鼙[3]。
玉钩挂海笙歌合，珠履三千半似泥[4]。

（《李群玉诗集》后集卷三）

注释

1. 凉公从叔：指李玭，李愬嗣子，袭封凉国公。时李玭为广州刺史、岭南节度使。从叔，堂叔。2. 大旆（pèi）：大旗。3. 秋鼙（pí）：秋战中的鼙鼓声。4. 珠履三千：典出《史记·春申君列传》，指为数众多的门客。这里用“珠履三千”代指陪宴之客，暗以春申公赞美主人李凉公。

· **诗意广州**

李群玉当时所陪的“凉公从叔”是李玭，岭南节度使。他在越王台“宴集”，宴会气势如何，可以从这首诗看得到。

“一径松梢踏石梯，步穷身在白云西”，这是交代宴集的地点，在白云山西面高处。如何显得“高”？作者别出心裁，他说踏着的石梯一直在松树顶上。这个表现方式很新颖。

“日衔赤浪金车没，天拂沧波翠笠低。”这两句写傍晚景，正是交代宴集的时间，顺带写出广州濒临珠江的特色：太阳的“金车”落在染红的江水里，蓝天低垂在波浪上。

“高鸟散飞惊大旆，长风万里卷秋鼙”，这回的宴集是节度使出面的，所以要写上“大旆”和“鼙”这些表示节度使身份的物事。加上“高鸟散飞”“长风万里”，那都是为壮声威所必需的。

最后要贴合酒筵来两句：“玉钩挂海笙歌合，珠履三千半似泥。”绝不能写得寒酸。所以卷帘的钩要是“玉钩”，挂起帘子看到海还不算什么，必须“笙歌”，否则这宴就低档了。宴请的众多客人，也是非富即贵。他们在节度使的宴席上开怀痛饮，饮得有一半人烂醉如泥！

在李群玉笔下，白云山上一场古代豪宴展现在我们面前。

南海石门戍怀古

唐·陈陶

汉家征百越[1]，落地丧貔貅[2]。
大野朱旗没，长江赤血流。
鬼神寻覆族，宫庙变荒丘。
唯有朝台月，千年照戍楼。

（《全唐诗》卷七百四十五）

注释

1. 百越：秦汉时广泛分布在长江中下游以南的民族，以其部落众多，故称百越。2. 貔貅：古籍中的猛兽名称。古代行军常举起画有貔貅之旗。后比喻勇猛的军士。

作者介绍

陈陶（约812—约885），晚唐诗人，字嵩伯，号三教布衣。早年曾游学长安，举进士不第。唐大和年间（827—835）漫游苏、赣、桂、粤等地，与广州刺史、南海节度使李行修交好。晚年隐居于洪州西山（位于今江西南昌）。后人辑有《陈嵩伯诗集》一卷。

先了解一点历史：赵佗本来已臣服汉朝，但几十年后，他的孙辈无力执掌国家，大权落在宰相吕嘉手里。吕嘉反叛。汉武帝于是派兵十万，分五路攻南越。攻破石门戍的是楼船将军杨仆，而杨将军所破的石门戍，其实不是吴隐之经过的石门。陈陶不知是有心还是无意，把这两个石门混为一谈了。不过，这样写诗做文是不要紧的，苏轼游的“赤壁”也绝对不是曹操兵败的赤壁。陈陶要抒发的感慨，是造反没有好下场。那时，唐朝的许多节度使都有反心，陈陶不过以南越国的败亡为例，警告那些跃跃欲试的藩镇而已。

为了警告得有力，陈陶必须把汉室写得特别有声威，而反叛者则特别凄惨。在“汉家征百越”后那五句，写南越国精锐之师，大旗不见了，血流成河，“丧”得多惨！而南越王室呢，祖宗也受株连，宫庙变成废墟。能够剩下什么？就只有这座戍楼了。千年以来，夜夜月明，一片惨白……

南海神祠[1]

唐·高骈

沧溟八千里[2]，今古畏波涛。
此日征南将，安然渡万艘。

（《全唐诗》卷五百九十八）

注释

1. 南海神祠：即南海神庙，在今广州黄埔庙头村。祠建于隋朝，祀南海神。2. 沧溟：泛指大海。

作者介绍

高骈（821—887），字千里，幽州（今北京）人。戎马一生，西讨南征，历任右神策军都虞候、秦州刺史、安南都护等职。唐咸通七年（866），大败南诏蛮军，后平定安南乱事。咸通八年（867），开通安南至邕州、广州的水路，使漕运无碍。乾符六年（879），黄巢攻陷广州，后攻潭州、襄阳、鄂州等地。高骈遣将拦之，亲率万人过大庾岭至广州，大破黄巢。

- **诗意广州**

唐时广州已是海边，而海上丝绸之路正以黄埔为始点，为求平安计，海船离岸前，水手一般都会祈求海神保佑。所以，隋朝就已建有南海神庙。据说这庙和波罗国（大抵今尼泊尔）人有关，故又称波罗庙。

高骈是中晚唐的一位将军，他的功绩，是打败南诏国，把安南夺回，并为广州到越南河内的水道清除障碍。他来广州，是带兵征南诏国时经过的。从这首诗看，他可谓豪气万丈:“沧溟八千里，今古畏波涛”，八千里的海路，谁都难以保证一路平安，所以第二句便用个“畏”字，而且，以“今古”作修饰语，显得这路途普通人都会害怕。

普通人害怕，并不等于将军也怕。“此日征南将，安然渡万艘”。既然题目叫作“南海神祠”，估计高骈也是来祈福的。但他好像故意转移话题，不在求神保佑方面写，而在军容鼎盛上着笔：他的“万艘”兵船“安然”而渡，语气平静，不带半点冒险的意思。把平安看成理所当然，这是本诗最精华之处。

番禺[1]

唐·胡曾

重冈复岭势崔巍，一卒当关万卒回。
不是大夫多辨说[2]，尉他争肯筑朝台。

（《咏史诗》卷三）

注释

1. 番禺：秦汉时的南越之地，南海郡治所。《史记》："番禺负山险，阻南海，东西数千里。" 2. 大夫：陆贾。汉高祖时，派陆贾出使南越，说服南越王尉佗归附汉朝。回去后拜封为太中大夫。

作者介绍

胡曾（约839—？），晚唐诗人，号秋田先生，湖南邵阳人，与汪遵、周昙、孙元晏并称为"晚唐咏史四大家"。胡曾累举进士不第，赋闲长安数年。后高骈慕其才，招其为幕府从事。曾替高骈草檄《答南诏牒》以驳南诏王。胡曾军旅半生，游走四方，曾因事赴岭南一带。有《咏史诗》150余首，均为七绝，传诵甚广。

胡曾是晚唐人，那时的社会，最不安定的因素，就是藩镇。他们同时拥有一地的军权和行政权，成为实际的“土皇帝”。而当时的中央政权能力薄弱，控制不了藩镇。因此，胡曾就想起尉佗归附汉室的历史。

胡曾来到番禺，一看，就觉得这地头险要，“重冈复岭势崔巍”，真是一夫当关万夫莫开，要是割据了，朝廷是很麻烦的。

但汉朝走运，派出的大夫陆贾“多辨说”，这里的“辨”似应作“辩”解，“多辩说”就是能说会道。陆贾能说会道，终于说服尉佗归附。胡曾多么希望唐王朝多出几个陆贾一样的人才，把节度使们一一说服归附啊！因此他才有“不是……争肯（怎么肯）……”的句子，突出陆贾的成就。

诗的末句，“尉他”就是尉佗，“他”字在先秦就发“佗”的音。他、佗是同一个字。尉佗筑朝台，就是表示臣服的。

南海旅次[1]

唐·曹松

忆归休上越王台，归思临高不易裁[2]。
为客正当无雁处[3]，故园谁道有书来[4]。
城头早角吹霜尽，郭里残潮荡月回。
心似百花开未得，年年争发被春催。

（《全唐诗》卷七百十七）

注释

1. 南海：唐代郡名，治所在番禺。2. 裁：剪，断，引申为排解。3. 无雁处：传说衡阳有回雁峰，北雁飞到这里，不再南飞。广东在衡阳南，因此是“无雁处”。4. 故园：指曹松家乡舒州。

作者介绍

曹松（约828—903），字梦徵，舒州（今安徽潜山）人。学贾岛作诗，工于铸字炼句，意境深幽，又不似贾岛艰僻。多年应进士举不中，流落江湖，曾游吴越、湖南、岭南等地。唐咸通九年至十二年（868—871）游历广州、南海荔园，并隐居在西樵山。光化四年（即天复元年，901），以71岁高龄中进士。因同榜中王希羽、刘象、柯崇、郑希颜等皆年逾古稀，故时称“五老榜”。有《曹松诗集》。

· **诗意广州**

曹松是安徽人，游历到广州，以诗抒发其浓重的乡思。

首联，“忆归休上越王台，归思临高不易裁”，一开头“忆归”两字即表明主题。全诗各句都是围绕着“忆归”写的。“休上越王台”，说的是气话。登高望远，本来是思乡应说的话，曹松特意反着说，这不是在斗气吗！为什么斗？因为他这回的思乡，比别人的更为深切，“归思临高不易裁”，一般的表现方式已经不合要求了。

这话怎说？君不见，广州连雁也见不着，故乡即使有信也寄不到这里来！正因为连书信也没有，所以非常无聊。一早，听着号角声连绵不绝；夜里，看着内外城间的潮水摇荡月色。——这两句写得真好，不但文辞、声韵美，而且内蕴深沉。他用了“城头”“角”“霜”“尽”“郭里”“残潮”“荡月”这些词和词组，精心组合，构筑了冷落凄凉而美丽的画面。更表述了一种令人极其难受的处境：孤零零地陷在寒霜冷月间，面对荒凉的城郭，听着刺耳的号角声，看着潮水漫入外城——城墙也挡不住潮水，总之一切都看着不舒服。

然而，作者最后两句却又出人意料，把思乡之愁用争发之花作比，于是将几年的郁闷，化成“心似百花开未得，年年争发被春催”两个丽句。作者明明不想把诗写得太灰暗。

宋

和董职方见示初到番禺诗

宋·余靖

五方殊俗古难并[1]，千载犹存故越城。
客听潮鸡迷早夜[2]，人瞻飓母识阴晴[3]。
波涛汹涌天边阔，犀象斓斒徼外生[4]。
太守不才当远寄[5]，惟忧南亩废农耕。

（《武溪集》卷二）

注释

1. 五方：东、南、西、北和中央。泛指各方。2. 潮鸡：又名伺潮鸡、石鸡，潮来即啼。3. 飓母：预兆飓风将至的云晕，形似虹霓。亦用以指飓风。4. 斓（lán）斒（bān）：色彩错杂鲜明的样子。徼（jiào）外：边境外，这里指海外。5. 太守：余靖自称。远寄：远放外任。

作者介绍

余靖（1000—1064），字安道，韶州曲江（今广东韶关）人。北宋皇祐四年（1052）四五月间，广源州侬智高反宋，进围广州。嘉祐六年（1061）五月，以尚书左丞、集贤院学士知广州。治平元年（1064）六月，以广州三年任满，朝京师赴任，病逝于金陵。卒谥襄。有《武溪集》。

· **诗意广州**

余靖这回到广州，官位很高。从前一位姓董的同事，在广州已工作多年，管的是地图、贡物等。余靖初来甫到，急需助手，题目特别标出“董职方见示”的字样，应该看作是对董尽忠职守、有所汇报的表彰。余靖在广州第一件事，就是严惩了市舶司的贪官污吏，稳定了对外贸易的态势，而这功绩是与董的大力支持有关的。不过，写这首诗的时间又应该在“初到番禺”时，所以，那些诗句只是暗示大家都要注意的问题而已。

首先说说广州的事情不好做，这是两人共同的感受。而由此引申，就藏有大家要多相互支持的意思。

颔联利用鸡早啼、起飓风的岭南特有现象，巧妙地以“客”表达自己的“迷”，而以“人”之“识”表达自己要向对方多多听取意见的意思。

颈联也是就广州近海，海外贡献的奇珍异宝多而写。内中又藏着一种警觉：有没有人特别觊觎？

尾联自谦“不才”，只懂管管农耕，托意也是：贸易方面的事我不在行，麻烦你多管管了！

寄题田待制广州西园[1]

宋·余靖

善政偏修举，增完池馆清。
地含春气早，月映暮潮生。
石有群星象，花多外国名。
与民同雉兔[2]，邀客醉蓬瀛[3]。
翰墨资吟兴，云泉适野情。
镇应持左蟹[4]，快欲鲙长鲸。
积霭藏楼阁，驯鸥识旆旌。
甘棠留美荫[5]，高倚越王城。

（《武溪集》卷一）

注释

1. 田待制：即田况，字元均，北宋天圣五年（1027）进士。待制是应答官中咨询的官。广州西园：原称西湖、仙湖，五代南汉刘龑聚方士炼药，又称为药洲。北宋士大夫泛舟游览，改称西园，余靖对其进行增修扩建，并对平民百姓、外国人开放。广州西园成为广州古代第一个官办大众公园。2. 雉兔：野鸡与兔子。《孟子·梁惠王下》："文王之囿方七十里，刍荛者往焉，雉兔者往焉，与民同之。"此句说对外开放西园，与民同乐。3. 蓬瀛：仙山蓬莱、瀛洲的合称，这里指如仙境般的西园。4. 持左蟹：《晋书·毕卓传》载，毕卓为吏部郎，尝对人说，"右手持酒杯，左手持蟹螯，拍浮酒船中，便足了一生矣。"5. 甘棠：召公决狱政事于棠树下，他离开后，老百姓为纪念他的政绩，不伐甘棠。这里甘棠代指美政。

· **诗意广州**

依智高作乱，曾焚掠过广州城郊，以致广州经济陷于低谷。余靖正是在这艰难时刻来广州主事的。除想尽办法恢复生产和对外贸易外，他还把西园开拓为民众游乐的公园。老同事田况从京城来，也曾兴致勃勃地游过西园，并写诗赠予余靖。余靖在田况回京后写了这首排律赠送给他。

开头依例介绍西园，中间的对偶句都围绕西园的特色来写。

广州地处亚热带，所以“春气早”；又近海，海潮往往连着月色涌来。这是从自然景物着笔。而园中，石布成群星之象，所种花多来自外国，则是人为的结果。

这个园子，也是有政治和文化意味的：它是与民同乐的地方，也是招待宾客的场所。

正因如此，文化人在西园特别惬意，想吟诗作赋，随时可以；要闲适自在，到处提供。这里的海鲜美味极了，既有螃蟹，又有鱼生，足以令人痛痛快快地吃到够。傍晚了，游客可以欣赏楼阁掩映的云霞，或者看看听召回家的白鸥。这些都是岭南特色啊！

至于您的踪迹嘛，请看，那棵甘棠树正高高地上接越王台哩。这诗是寄给田待制的，没有这两句不行。

广州，至今还有“花城”“美食城”的美誉，原来一千年前余靖就给她做了广告了。

寄题宋职方翠楼[1]

宋·余靖

层楼幽趣称登临，望远凭高豁素襟[2]。
棋酒等闲忘世虑，溪山最乐是家林。
松声带雨千峰外，潭影涵虚落照深[3]。
此景为君珍赏甚，起予归兴欲抽簪[4]。

（《武溪集》卷二）

注释

1. 宋职方：即宋咸，字贯之，与余靖同榜入仕，官至都官郎中，与余靖知交。2. 素襟：本心，平素的襟怀，亦指坦荡的襟怀。3. 涵虚：水映天空。涵，有包含的意思。虚，高空。4. 抽簪：古时做官的人须束发整冠。抽去簪子，披散头发，意味着挂冠归隐。

· **诗意广州**

这首诗是朋友间畅叙的记录。老友宋咸任职方，来广州处理公务。余靖抽空和他同游越秀山。偶然间发现，山里有座小楼，相当雅致，于是在那里凭高望远、下棋喝酒。

首联的“称”字要读仄声，是“称意”的意思。为何称意？就因为能打开胸襟。

颔联接着这意思写：下棋、喝酒都可以“忘世虑”，只要是有山有水的地方，就像回到家园。这两句“承”，很合规范。

上面的“称”“豁”“忘”“乐”都是人的主观感受，颈联要转重客观了。从听觉上说，听到松声，其特点是如带雨于遥山外，远！再从视觉上说，潭影长空落日，特点是深！既深且远，对事态必有影响。所以，尾联就说，此景可以欣赏，但总会引起归隐之心。

广州蒲涧寺[1]

宋·苏轼

不用山僧导我前，自寻云外出山泉。
千章古木临无地，百尺飞涛泻漏天[2]。
昔日菖蒲方士宅[3]，后来薝卜祖师禅[4]。
而今只有花含笑[5]，笑道秦皇欲学仙。

（《东坡全集》卷二十二）

注释

1. 蒲涧寺：旧址在今白云山滴水岩之间的蒲涧清泉，已毁。这首诗作于1094年，苏轼被贬惠州途中。2. 泻漏天：瀑布如雨，仿佛天都泻漏了。粤地多雨，俗称“大漏天小漏天”。3. 方士宅：传说安期生曾住此寺，以菖蒲为食。4. 薝（zhān）卜：栀子香。宋陈敬《香谱》引叶庭珪语：“栀子香出大食国……其香清越而酝藉，佛书所谓薝卜花是也。”祖师禅：佛家有二种禅，一曰如来禅，一曰祖师禅。此句指后来住过的高僧。5. 花含笑：含笑花的倒置，苏轼自注，“山中多含笑花”。

作者介绍

苏轼（1037—1101），字子瞻，号东坡居士，眉州眉山（今四川眉山）人。北宋绍圣元年（1094）六月，被贬为宁远军节度副使，再贬至惠州（今广东惠州）。同年八月，苏轼沿梅关古道入广东，借道广州入惠州。绍圣四年（1097），再贬至海南儋州。元符三年（1100）四月，苏轼遇赦北还，第二年不幸于常州病逝。苏轼自言“问汝平生功业，黄州惠州儋州”，曾两度途经广州，游览白云山、南海神庙等胜迹。有《东坡七集》等。

· **诗意广州**

苏轼写诗，往往很有内涵，而外表则好像只是在写平常生活。此诗也是一例。

首联就是大白话，但其中“自寻”两字是重点。苏轼要表现的，是自己的独立性。好景不是别人“导”我找到的，是我自己去找才找到的！

次联两句写的是自己找到的蒲涧寺的好景：古老大树遮蔽大地，巍峨飞瀑倾泻自天。别人未必让我看的东西，我自己去看了。

这地方曾有许多出世之人流连，先有安期生，后有无数禅师。苏轼特别提到这一点，是想说：只有这些出世之人才配得起这蒲涧寺。而秦始皇却想在这里会见安期生，学做神仙。太荒唐了，连盛开的山花也会笑他的。

看来，苏轼在蒲涧寺悟出一点哲理了：人生最好信服“祖师禅”，求的只是自然、心安。该碰到的自然会碰到，而勉强去寻觅的东西终于还是得不到的。

浴日亭[1]

宋·苏轼

剑气峥嵘夜插天[2]，瑞光明灭到黄湾[3]。
坐看旸谷浮金晕[4]，遥想钱塘涌雪山。
已觉沧凉苏病骨[5]，更烦沆瀣洗衰颜[6]。
忽惊鸟动行人起，飞上千峰紫翠间[7]。

（《东坡全集》卷二十二）

注释

1.浴日亭：作者自注，“在南海庙前”。《广东新语》载：其地鸡鸣之时，即见日出。南海庙俗称波罗庙，“波罗浴日”为宋元时期羊城八景之一。2.剑气：《晋书·张华传》载，丰城宝剑的精气上冲云霄，斗牛之间，常有紫气。这里形容太阳将出时天上的景状。3.瑞光：祥瑞之光，指曙光。黄湾：又名黄木湾，在今广州黄埔。韩愈《南海神庙碑》：“扶胥之口，黄木之湾。”它位于珠江口，是一个呈沙漏状的深水港湾，唐宋时是广州的外港。4.旸（yáng）谷：《尚书·尧典》，“日所出处，名曰旸明之谷”。金晕：太阳的光圈。5.沧凉：指空气清新。《列子》，“日出之初，沧沧凉凉”。苏：病困消除。6.沆（hàng）瀣（xiè）：夜间水汽。7.飞上：指太阳上升。至此句日始出。

• **诗意广州**

苏轼被贬惠州，经过广州时到过浴日亭。这时他的心境如何，在诗里是有所流露的。诗的开头三句，把日出的过程写了：先是见“气”，然后是见“光”，再后是见“晕”。但起句“剑气峥嵘”四字，实在突兀。人在常态下，等看太阳出，不会有“剑气”感觉的。由此可见，苏轼分明带着点不平之气。

第四句由南海日出联想到“钱塘”潮水，那又是苏轼的特殊性：他和钱塘的关系可说是难舍难分，想起钱塘，他分明别是一番滋味在心头。

第五、六句继续借自然景物写自己的心境。他用了“苏”“洗”二字，很有点反拨的意味：客观存在的“沧凉”“沆瀣”，正好用来“苏病骨”“洗衰颜”。

第七句，许多人都看出这是个大转折。为何说是转折？须知，该亭叫“浴日”，字面意思是太阳在海里洗澡。前边写日未出，是日还在“浴”，未成主角。而最后两句描写的，正是日出。太阳，一跃而成为主角。观察者只见在它带动下，鸟在“动”，人在“起”。它呢，“飞上”山峰。它突然从海里磅礴而出，令人吃“惊”啊！这结尾有力，与开头的“剑气峥嵘”应和着，多少反映出苏轼当时“插天”的憧憬吧！

发广州

宋·苏轼

朝市日已远，此身良自如。
三杯软饱后[1]，一枕黑甜余[2]。
蒲涧疏钟外[3]，黄湾落木初。
天涯未觉远，处处各樵渔。

（《东坡全集》卷二十二）

注释

1. 软饱：作者自注，“浙人谓饮酒为软饱”。2. 黑甜：作者自注，“俗谓睡为黑甜”。3. 蒲涧：晋顾微《广州记》，“熙安县（故治番禺东北，今属广州）东北，有菖蒲涧。盘石上，水从上过，味甘冷，异于常流”。作者到广州，曾作《广州蒲涧寺》以及《赠蒲涧信长老》诗。疏钟：指蒲涧寺的钟声。

· **诗意广州**

这诗也是苏轼在被贬惠州途中经过广州写的。

首联说的是，因为被贬，离开热闹的朝市一天比一天更远了。不过，他反而觉得“自如”起来。

次联顺着前文说，喝得痛快，睡得也痛快。“软饱”“黑甜”，故意用土话、俗话，也有点不按常理出牌的意味：别人以为我受不了，我却活得有滋有味，随遇而安。既然离开朝市了，还拘论什么！土一点，俗一点，何妨！

第三联特别提起“蒲涧”“黄湾”，都是别人不提的荒僻之地，写上诗，意思是说：不错，我就在荒僻地界过日子。不过——“天涯未觉远”，即使贬我到天边，我还是老样子。这不：“处处各樵渔”，在哪里不是生活！

苏轼明明在说赌气话，却都是诗。

登海山楼[1]

宋·陈与义

万航如凫鹥[2]，一水如虚空。
此地接元气[3]，压以楼观雄。
我来自中州[4]，登临眩冲融[5]。
白波动南极，苍鬓承东风。
人间路浩浩，海上春濛濛。
远游为两眸，岂恤劳我躬。
仙人欲吾语，薄暮山葱珑。
海清无蜃气，彼固蓬莱宫。

（《增广笺注简斋诗集》卷二十七）

注释

1. 海山楼：北宋嘉祐年间（1056—1063）经略魏炎所建。已毁。清仇巨川《羊城古钞》：“海山楼在镇南门外，楼下即市舶亭。”2. 凫鹥（yī）：凫，野鸭。鹥，水鸟。3. 元气：形成天地的最初之气。4. 中州：今河南省地。古时因其在九州之中，故称中州。陈与义是河南洛阳人，故说来自中州。5. 眩冲融：指海波深广，令人目眩。

作者介绍

陈与义（1090—1139），字去非，号简斋，河南洛阳人。历任北宋哲宗、徽宗，南宋高宗三朝，官拜翰林学士、参知政事等职。北宋靖康二年（1127），金人灭北宋，陈与义自陈留南迁避难，经湖北、湖南、广东、福建。诗人避难广州之时，念及国家沦丧，多次登上海山楼，留下多篇诗歌，抒发一腔爱国之情。有《简斋集》。

- **诗意广州**

陈与义是在避难时到广州的，他对广州的印象，既有与大众相同的，也有独特的。

首先是看到海。海之大，海上船只之微，都是第一次看到，所以感觉新奇，于是写成“万航如凫鹥，一水如虚空”两句。

海山楼就在海边，所以接以第三、四两句。

第五、六句点题目上的“登”字，而用“眩”字概括望海的感觉，突出初到广州的特异性。

第七、八句，“白波”不离海，“苍鬓”则不离自身，两者汇成第九、十两句的感慨：“人间路浩浩，海上春濛濛。”这里暗暗透露出人间多苦难，很向往海的意思。

“远游”两句说不辞劳苦也只为看看海，有点满足感。这是真的吗？作者究竟想表达什么？陈与义写诗学杜甫，杜甫的诗学主张，主旨往往要欲露不露。再看末尾四句，说是傍晚时分，在海上看到山。这有可能是海市蜃楼，但他立刻否定，说查实“无蜃气”，那就只剩下第二个可能：真的有“仙人”呈现他们的“蓬莱宫”了。——这样，陈与义就把另一个意思若隐若现地透露：在这世路干戈之际，非常渴望在海上得到解脱。

这是首非常独特的诗。有了这首诗，陈与义不枉到广州一行，广州也不枉接待陈与义一回。

雨中再赋海山楼诗

宋·陈与义

百尺阑干横海立，一生襟抱与山开。
岸边天影随潮入，楼上春容带雨来。
慷慨赋诗还自恨，徘徊舒啸却生哀。
灭胡猛士今安有[1]，非复当年单父台[2]。

（《增广笺注简斋诗集》卷二十七）

注释

1. 灭胡猛士：杜甫《昔游》有“猛士思灭胡，将帅望三台”。陈与义反其意而用之，感慨南宋不能与盛唐相比，南宋已没灭胡的猛士了。2. 单父台：杜甫《昔游》，“昔者与高李，晚登单父台”。单父台在今山东单县。

人是有多面性的。前一篇里的陈与义，好像比较软弱。但在这一首里，他就显出他刚强的一面来了。

面临沧海，背对青山，陈氏的话语也带着山海的豪气：阑干有“百尺”，而且“横海”而“立”。海阔大，更显得楼高耸。“襟抱”如山，非常宏大，而且“一生”如此。这些都是掷地有声的句子。

颔联两句，就海山楼的景物即兴而写，也写得铿锵有力，衬得起上文。

有了前面四句打底，转入抒发自己的“恨”和“哀”，也就有了坚实的基础：在这楼里无论是“赋诗”还是“舒啸”，都沾着志士的特色。

最后两句，是对于“恨”和“哀”的进一步抒发：即使还和杜甫一样关怀国事，能“灭胡”的能人却已经没有了！

三月晦日游越王台[1]（其一）

宋·杨万里

榕树梢头访古台，下看碧海一琼杯[2]。
越王歌舞春风处[3]，今日春风独自来。

（《诚斋集》卷十五）

注释

1. 三月晦日：三月最后一天。2. 琼杯：美玉制成的杯子。这里比喻从越王台高处往下望的南海。3. 歌舞：《羊城古钞》载：越王台，“汉赵佗建，为三月三日修禊之处”。相传，每年的农历三月初三，赵佗都要到越王台登高游乐。

作者介绍

杨万里（1127—1206），字廷秀，号诚斋，吉州吉水（今江西吉水县）人。与陆游、尤袤、范成大并称为南宋“中兴四大诗人”。南宋淳熙六年（1179），被任命为广东常平茶盐提举，于次年离江西赴广州官舍，登广州越秀山，游越王台旧址等地。任职期间，盗贼沈师侵犯南越，杨万里亲自率兵讨伐，高宗赞其有“仁者之勇”。有《诚斋集》等。

· **诗意广州**

杨万里是南宋官员，派到广州，是来管茶盐经济的。这位诗人无论到哪里，都喜欢题诗。他觉得诗材随时随处都有。虽然不乏小聪明，往往能给人以新鲜感。但正因为求简易，其实颇欠深沉，只有点浅浅的诗意。

越王台在高处，广州有的是大榕树，所以，聪明的杨万里就说那台在榕树顶头，“榕树梢头访古台”说出了自己独特的观察。

上句是写越王台高，第二句就从高字延伸：“下看碧海一琼杯”。从高处向下望，南海像装在玉杯里的一杯蓝水。写得很形象。把那时广州城就在海边的地势活化出来了。

第三、四句回应题中的“越王台”。越王台是连着歌舞地的，来到越王台，就不禁联想起越王在这里听歌看舞的情景。于是发生感慨：越王呢？歌舞呢？只有春风年年在！而我，现在就在春风里出现。他特别写上“独自”两字，感慨就出来了：越王不来了，我还是来，这是时光的把戏。同样，将来，我也不来了，又谁来？

四月八日尝新荔枝

宋·杨万里

一点胭脂染蒂旁，忽然红遍绿衣裳。
紫璚骨骼丁香瘦[1]，白雪肌肤午暑凉[2]。
掌上冰丸那忍触，樽前风味独难忘。
老饕要啖三百颗[3]，却怕甘寒冻断肠[4]。

（《诚斋集》卷十五）

注释

1. 紫璚骨骼：荔枝的核深褐色而有光泽，如同紫色的美玉。璚（jué），美玉。丁香瘦：荔枝的核形状如细瘦的舌尖。荔枝以肉厚核小为佳。2. 白雪肌肤：荔枝的果肉洁白晶莹。3. 老饕：本意是贪吃的人，这里指苏轼兼自喻。苏轼《老饕赋》："盖聚物之夭美，以养吾之老饕。"三百颗：苏轼《食荔支》（其二）："日啖荔支三百颗，不辞长作岭南人。"4. 甘寒：荔枝果肉洁白如雪，杨万里比作"冰丸"，故有甘寒之说，其实荔枝性热，民间有"一颗荔枝三把火"的说法。

· **诗意广州**

北方人来到广州，最惦记的应算吃荔枝了。杨万里有福气，居然碰到荔枝季节，荔枝刚刚上市，所以很兴奋。从而诗也写得很兴奋。

古时交通不发达，北方人很难见得到鲜荔枝。所以杨万里很细致地描述了新鲜荔枝的形貌、色泽、特点，总之要写得荔枝可爱、难忘。

他写道，荔枝是从蒂旁开始泛红，然后才整体由绿转红的。吃了荔枝肉，吐出的核，是紫色的，形状则类似丁香。它的肉雪白，即使热天中午看到它，都会有点凉意油然而生。于是把它看成“冰丸”，珍爱得不忍触碰。至于用它下酒，那风味就更难忘了。

有了上述的铺垫，尾联就引出苏轼来衬托。苏轼说过“日啖荔支三百颗”，可见他很喜欢吃荔枝。那么我呢?也喜欢。不过，有点担心，因为那是“午暑凉”的“冰丸”，怕冻着肠胃哩！——用调笑式语言结束，又是杨万里的一贯风格。

蜑户[1]

宋·杨万里

天公分付水生涯[2]，从小教他踏浪花。
煮蟹当粮那识米，缉蕉为布不须纱[3]。
夜来春涨吞沙嘴[4]，急遣儿童斸荻芽[5]。
自笑平生老行路[6]，青山堆里正浮家[7]。

（《诚斋集》卷十六）

注释

1. 蜑(dàn)户：又称“疍户”，过去广东、广西、福建沿海沿江一带的水上居民，世代以船为家，以捕鱼、采珠、运输为生。2. 分付：吩咐。水生涯：在江河中谋生。3. 缉：编，以植物纤维为丝缕。4. 沙嘴：水边淤积冲刷而形成的的尖角形陆地。5. 斸(zhú)：斫，砍伐。6. 老行路：蜑户水上行舟，居无定所。7. 浮家：蜑户是水上居民，以船为家，故说“浮家”。

蜑户是水上人家。杨万里这诗描述的，正是水上人家的情景。

第一句意思就说，这些人一生都在水上生活，那是天意。这句诗的意思笼罩全篇。

第二句要注意的是“从小”两字，那是水上生活的特色。

第三、四句从衣食方面着眼，也撷取了水上人家的特点。

第五、六句角度略转，从应对潮水方面着笔：知道水要涨了，再迟一点就失去机会了，因此“急遣”年轻人在潮水淹掉之前，赶快去割芦笋。这情景局外人很难知道。作者却显得很明白，很在意，可见他真正了解水上人家的心思，表达得也很新颖。

最后两句，应和着第一句，是在代表水上人家述说水上生活的特色：即使在青山边转来转去，身却在船里，不断地在水上移动。

蜑民，在古代往往受歧视，而我们从杨万里的诗里，却看不到一个不尊重蜑民的字眼。广州是个包容性很强的城市。即使从前的官府明令蜑民不准上岸，民间也不会严厉执行。杨万里和广州人是心灵相通的吧！

南海东庙浴日亭

宋·杨万里

南海端为四海魁[1]，扶桑绝境信奇哉[2]。
日从若木梢头转[3]，潮到占城国里回[4]。
最爱五更红浪沸，忽吹万里紫霞开。
天公管领诗人眼，银汉星槎借一来[5]。

（《诚斋集》卷十八）

注释

1. 端：信，确实。魁：第一。2. 扶桑：指大海日出之处。汉东方朔《十洲记》："扶桑在碧海中，树长数千丈，一千余围，两干同根，更相依倚，日所出处。"3. 若木：神树名。《山海经》："灰野之山，有树青叶赤华，名曰若木，日所入处。"4. 占城：宋时国名，在今越南境内。5. 银汉星槎：神话中的银河木筏。

- **诗意广州**

几乎所有诗人经过浴日亭都会留下作品，其中最为神奇瑰丽的是杨万里这一首。

第一句是总起，把南海放到凌驾于四海之上的地位。跟着用神话里的“扶桑绝境”来形容它，把它推得更高。

颔联跟着神话的思路，切合南海的地理位置，说太阳将出时，是在“若木”那里做好准备的。太阳不是在洗浴吗？你看，它掀起的潮水一直撞到越南占城国哩。

颈联特别从自身感觉的角度着笔，写的还是海日“浴”罢出现于世间的情景：五更天，海浪染得通红，像沸腾着一样，看着就胸怀激荡。晨风一吹，转眼间，海天已变成万里紫霞，这般奇景，不是生活在海边的人何尝见过？——这联只从眼见情景出发，并不借助别人说过的话，显豁而深入人心，是写景的好句。

尾联，杨万里还是依照自己的风格，充分发挥想象力。前一句等于说，“天公”给他看了浴日亭，已算优待。但他还想天公更优待一下，带他再看看天河（因为已有先例，有人乘过星槎去过了）。

读杨万里的诗，除了觉得语言比较诙谐之外，总有种乐观豪迈的情绪渗透心灵。

广州（其二）

宋·曾丰

绕处无非湿[1]，终年不识寒。
家饶安乐睡，市卖喜欢团。
倡女青芒屦[2]，渔儿白布冠[3]。
北人落南者，久亦自相安。

（《越秀史稿》第二卷）

注释

1. 绕处：四处。2. 青芒屦（jù）：青芒履，道士穿的一种草鞋。3. 白布冠：白布做的帽子。汉郑玄注《仪礼》，认为白布冠是丧冠。

作者介绍

曾丰（1142—1224），字幼度，号撙斋，抚州乐安（今属江西）人。历隆兴、广东、广西帅漕幕，通判广州，知德庆府，湖南参帅，官至朝散大夫。晚年筑撙斋以居，以诗酒自娱。有《撙斋先生缘督集》四十卷。

· **诗意广州**

不同的北方人来到广州，自有不同的印象。曾丰的也算独特。

湿、暖，比诸其他城市，是广州的特色，几乎是北方人来广州一定有的强烈感觉。不同诗人有着不同的表述方式。曾丰用对偶句，一个正说，一个反说，非常生动。

颔联说的是广州人的特色。家庭富足的人喜欢睡觉，市场买卖的人则喜欢挤挤拥拥。这联所反映的特色，大概和曾氏家乡的习俗相差甚远，所以特别写上。

颈联所写，在曾丰眼里也是奇怪的：歌女穿的青芒鞋，在北方是道士才穿的。而打鱼人头戴白布帽，在北方是孝服，真是匪夷所思。

不过，曾丰是个明白人，习俗不同，不必多计较。所以他说“北人落南者，久亦自相安”，相处时间长了，南北人之间就没有隔阂了。

水调歌头·题剑阁[1]

宋·崔与之

万里云间戍，立马剑门关。乱山极目无际，直北是长安[2]。人苦百年涂炭，鬼哭三边锋镝[3]，天道久应还。手写留屯奏[4]，炯炯寸心丹。　对青灯，搔白发，漏声残。老来勋业未就，妨却一身闲。梅岭绿阴青子[5]，蒲涧清泉白石，怪我旧盟寒[6]。烽火平安夜，归梦到家山。

（《崔清献全录》卷二）

注释

1. 剑阁：即剑门关，在今四川剑阁东北大剑山、小剑山之间，是川陕间的主要通道，是抗金前线。2. 直北是长安：杜甫《小寒食舟中作》，“云白山青万余里，愁看直北是长安”。长安在剑阁的北方，时为金兵占据。3. 三边：汉代幽、并、凉三州，后泛指边疆。4. 留屯奏：留守边疆的奏折。屯，驻守。5. 梅岭：在今广东、江西之间，今名为大庾岭。崔与之是广州人，梅岭代指故乡。6. 旧盟寒：此句指未能实现归隐之愿。旧盟，当时归隐山林之约。

作者介绍

崔与之（1158—1239），字正子，号菊坡，广州增城（今属广东）人。累官秘书监、权工部侍郎，知成都府。南宋端平二年（1235），任广东经略安抚使兼知广州。不久，拜参知政事、右丞相，皆力辞。嘉熙三年（1239），以观文殿大学士致仕，卒，累封至南海郡公，谥清献。

崔与之，广州增城人，是南宋抗金有功、治国有效、填词有成的名人。填这词时，他在成都路安抚使任上。职责所在，他来到剑门关。剑门关外，就是金兵的占领区。他把当时的感觉写活了。

开头两句就很有气势：在远离内地的高山戍守，立马关前，就好像一座英姿飒爽的铜像竖立着。看着乱山无数，他的心情怎样？“直北是长安”！他记起了杜甫的爱国名句。不言而喻，杜甫的情怀就是他当时的情怀了。无论是他，是杜甫，都是痛悯人生的，人民经历了长期的苦难，应当和平了！为了给人民以和平，崔与之情愿献出自己。他要亲手写下奏折，请求继续在边关服役！一颗忠心，昭然若揭；文辞雅健，全是肺腑之言。

下阕的三个三字句，节奏明显变化。词人在抒情上，是要随着这变化而变化的。本词上阕句子都很铿锵，到这里就变得低沉，情绪也从坚贞卫国转向怀念家乡了。

古人都喜欢在为国建立功业之后，告老归田，过闲适的生活。崔与之觉得可惜的，正是功业未就，本人的人生价值未得实现。但这丝毫不影响他对家乡的怀念。在他的想象中，连梅岭的果子、蒲涧的水石，都会怨他归迟的。不过，即使如何想念故乡，卫国的职责还是不可松懈，所以，只有在烽火无动静，表示平安的夜里，才可以“归梦到家山”。

广东漕李实夫[1]（其三）

宋·戴复古

千里长城手[2]，如何在广州。
共谈天下事，莫上斗南楼[3]。
瘦露封侯骨[4]，忠怀报国秋。
丁宁北来雁，边信怕沉浮。

（《石屏诗集》卷三）

注释

1. 李实夫：名华，福建崇安人，当时任广州漕司，即广东转运使。2. 长城手：卫国之才，此处指李华。3. 斗南楼：旧址在当时广州后城上，宋时经略使朱师复所建。斗南，语出《唐书》，蔺仁基赞狄仁杰："北斗以南，一人而已。"此处以狄仁杰之才赞美李华之才，以狄仁杰受重用反衬李华不能参与"天下事"的遗憾。4. 封侯骨：指李华有封侯的骨相。《汉书·翟方进传》："蔡父大奇其形貌，谓曰，'小史有封侯骨，当以经术进'。"

作者介绍

戴复古（1167—约1248），字式之，号石屏，台州黄岩（今属浙江台州）人。南宋江湖诗派诗人，一生布衣，浪迹江湖数十载，足迹遍布全国各地。南宋绍定元年（1228），游广州，作诗《书事》云："喜作羊城客，忘为鹤发翁。"端平二年（1235），再次游广东，后转广西至湖南、江西、扬州等地。有《石屏诗集》《石屏词》等。

· 诗意广州

南宋端平二年（1235），戴复古再游广东。在广州最投契的是李华（字实夫）。他们之所以特别谈得来，是因为他们都具有强烈的爱国情怀。我们从这首诗就可以看到。

诗的开头，来得突兀：能力足以防边的猛将，为什么不在面对敌人的北方，而在远离前线的广州？这句不晓得问谁的话，实际上是表达对朝廷用人的不解、不满，是为李华的得不到重用喊冤。

说到两人共同关心的“天下事”，当然是防边退敌的事了，却提议“莫上斗南楼”。为什么？斗南典出狄仁杰，狄仁杰是成功者，李华没这命运。上楼一想起，徒增悲怆，所以不上也罢。这两句是“承”着上句的喊冤说的。

第三、四句正面写李华既瘦且忠，瘦和忠其实都因为忧国忧民。作者特意说到“封侯骨”，那是对李华的一点安慰：你的命里是应该能封侯的。所以要注意喽——“丁宁北来雁，边信怕沉浮”：北来的书信中，很有可能带来要用这“长城手”的好消息的，因此要特别叮咛带信的鸿雁别弄丢了！

这首诗写得情感真挚，不说大话搪塞，而以实际可以存在的希望安慰朋友。

彭绣使平叛卒后除经略小诗陈利害[1]（其二）

——宋·戴复古

广东经略使，今古几人贤。
陛下用一士，民间有二天。
清风排瘴雨，廉德照贪泉[2]。
龙节生光彩[3]，鸾车奏凯旋[4]。

（《石屏诗集》卷四）

注释

1.彭绣使：即彭铉。绣使是提刑的拟古官称。除：升任。2.贪泉：此句劝勉彭铉做东晋吴隐之那样的清官。3.龙节：龙形符节，泛指奉王命出使者所持之节。唐王维《平戎辞》："卷旆生风喜气新，早持龙节静边尘。"4.鸾车：饰有鸾铃的车乘，为人君所乘之车。此句意思是彭铉平叛后受到君王嘉赏。

· **诗意广州**

南宋端平二年（1235），戴复古第二次到广州。这一年年初，广东摧锋军之一部在惠州叛变，一度围广州。在危急之中，闲居广州的大臣崔与之出任广东经略安抚使，主持平叛，负责具体军事指挥的是提刑彭铉。事平之后，崔与之以年迈辞职，彭铉任广东经略安抚使。

彭铉在平叛中立了功，得到升迁。戴复古当时年事已高，和彭铉的私交可能很好，所以这诗写得颇有点长辈对后辈的教训口吻。

首联是客套话，等于说，彭铉是广东经略使中算得上好的一个。

颔联说，皇帝用你做经略使，你就等于代表皇帝驾临老百姓上头了。言下之意是，要小心，犯错就事大了！

颈联是具体指导：这广州，特别要有“清风”——官场上清廉的风气。因此你要像吴隐之那样，用高尚的品德照亮贪泉。

尾联说，拿着皇帝的符节，光荣是光荣，而责任也重，皇帝正等着你去献功哩！

题目说“陈利害”，就是明明白白告诉彭铉：我是在训话！

净慧寺千佛塔[1]

宋·方信孺

塔高二百七十丈，成于哲宗绍圣间，郡人林修之力也。其初规地，得古井九，环列其外，仍得宝剑巨鼎之类。

九井神光射斗牛[2]，天开宝级镇南州[3]。
客船江上东西路，常识嶙峋云外浮[4]。

（《南海百咏》）

注释

1. 净慧寺千佛塔：即今六榕寺的花塔。2. 神光：九井中的剑气。3. 宝级：指千佛塔。4. 嶙峋：形容千佛塔突兀高耸。

作者介绍

方信孺（1177—1222），字孚若，号好庵，自号柴帽山人，莆田（今属福建）人。以父荫补番禺尉。南宋嘉定元年（1208），通判肇庆府。后知韶州、道州，提点广西刑狱，迁提点淮东刑狱兼知真州。在粤多年，有《南海百咏》一卷。

· **诗意广州**

“神光射斗牛”，有典故。但凡是有剑埋藏的地方，都可以用这典故。千佛塔藏有剑，用得对。但光用这个典故，并没有写出净慧寺的特色。而加上“九井”两字，就能和这千佛塔般配了。千佛塔建在当时的江海边，为了让塔基不受地下水浸蚀，广州的建筑师就在塔基周围，有序地排开九井，以遏制地下水疯涨之势。九井之设，实在是广州人的智慧之花，特有的！

首句写到广州特色的“九井”，第二句以“南州”相应，都不离广州。全句也是以赞颂该塔体现天意，来应答“射斗牛”的“神光”。

后面两句转个角度，写该塔在客观上的作用。它具有地标意义：无论东行西驶的船只，船家都看着高出云层的塔尖来计算航程。

有学者指出过，印度的佛塔往往建在森林里，而中国的则多建在通衢大道上，是人间“诗意栖居”的艺术品。由千佛塔的建造看来，广州人是很有诗意的。

题广州光孝寺[1]

宋·林衢

开池曾记虞翻苑，列树今存建德门[2]。
无客不观丞相砚[3]，有人曾悟祖师幡[4]。
旧煎诃子泉犹洌[5]，新种菩提叶又繁[6]。
无奈益州经卷好，千丝丝缕未消痕。

（《宋诗纪事》卷八十二引《名胜志》）

注释

1. 光孝寺：位于今广州越秀光孝路。该寺原为南越王赵佗玄孙赵建德住宅。2. 建德：即赵建德。3. 丞相砚：房融为武则天武周时期宰相，坐罪流放钦州（今广西钦州）。流放途经广州，巧遇天竺沙门般剌、密谛，翻译《大佛顶首楞严经》。光孝寺笔授轩有大石砚，房融刻字其后。砚有铭云："厚重君子。"4. 祖师幡（fān）：东晋时，印度名僧昙摩耶舍来广州传播佛教，建大雄宝殿。南朝梁普通八年（527），达摩祖师驻锡寺中。唐仪凤元年（676），六祖惠能在寺中菩提树下受戒。幡，经幡。5. 诃（hē）子：又称诃梨勒，本为梵语。诃子具有很好的药用价值。虞翻谪居此处，广种诃子树。广州光孝寺是现存文献可见最早栽培诃子树的地方。6. 新种菩提：光孝寺六祖殿前曾有古菩提树，为南朝梁武帝时期印度高僧智药三藏种植，后毁于宋乾德五年（967）夏大风。今人所见菩提树为后来在原地重新栽种。

作者介绍　林衢，生卒年不详，长乐（今属福建）人，生平事迹不详。

光孝寺原为南越王赵佗玄孙赵建德住宅。三国时吴国都尉虞翻被贬广州，住在此地。虞翻死后，其家人把住宅改为庙宇，命名为制止寺。后几易其名，南宋绍兴二十一年（1151），改名为光孝寺。此名一直沿用至今。

林衢是南宋人，他写这首诗，应该是深深感受到光孝寺文脉的厚重而动笔的。我们读这首诗，也应该带着一种崇敬的态度才是。

“开池曾记虞翻苑”，光孝寺的池塘是在三国时期虞翻的苑开凿的。“列树今存建德门”，许多树木排列的门，当年是南越国赵建德出入的。“无客不观丞相砚，有人曾悟祖师幡”，说到文物，有房融的砚石，有六祖的经幡。使人想起译经和开悟，都不简单。“旧煎诃子泉犹洌，新种菩提叶又繁”，虞翻在苑里遍种诃子煎药，六祖在菩提树下参悟，时光纵使流逝，古树曾经倒塌，但“泉犹洌”“叶又繁”，说明精神还很旺盛。

最后一联深入一层，把光孝寺和中原文化联系起来：光孝寺藏经阁的《法华经》《莲华经》都从益州来，文化关系千丝万缕，深着哩！

扶胥（其一）

宋·刘克庄

一阵东风扫曀霾[1]，天容海色豁然开。
何须更网珊瑚树[2]，只读韩碑也合来[3]。

（《后村先生大全集》卷十二）

注释

1. 曀（yì）霾（mái）：蔽天的灰尘或云翳。2. 网：搜罗。3. 韩碑：指韩愈所作《南海神庙碑》。现存于广州博物馆。合：应当。

作者介绍

刘克庄（1187—1269），字潜夫，号后村，莆田（今属福建）人。南宋嘉熙三年（1239），任广东提举兼市舶使，前后约一年零八个月，政绩卓著，广泛交游，留下许多优秀诗篇。著有《后村先生大全集》。

·　**诗意广州**

到达南海神庙，刘克庄显得十分兴奋。

兴奋中的感觉，是东风也帮忙，把阴霾扫净，让天容海色也豁然开朗。这是借景抒情。

后两句角度转变了，从自然景色转到人文上。南海纵使还有珍贵的珊瑚树，他也不去搜求了。为什么呢？因为韩愈写了个《南海神庙碑》放着，可以一读。光这一点，就不枉此行了！

诗写得好不好，很关乎作者有没有独特的情怀。南海神庙的自然形态，经过无数诗人描述，恐怕已经很难找到新的突破口了。而刘克庄，却偏能另辟蹊径，别有感慨，少少文字，写出大境界，特别重视了人文因素。人们常误把岭南看作“文化沙漠”，而宋朝的刘克庄却已经重视广州的文物了！谁对谁不对，谁深谁浅，一目了然。

即事（选二）

宋·刘克庄

其一

香火万家市，烟花二月时。
居人空巷出[1]，去赛海神祠[2]。

其二

东庙小儿队[3]，南风大贾舟[4]。
不知今广市，何似古扬州。

（《后村先生大全集》卷十二）

注释

1. 空巷：居民倾巷而出。2. 赛海神祠：每年农历二月十三波罗诞，人们在南海神庙举办规模盛大的祭祀海神活动。3. 东庙：指南海神庙。南海庙有东西二庙，东庙在城东南八十里，西庙在城西五里。小儿队：赛神时表演的小儿队伍。4. 大贾舟：指海舶，乘南风自海上进入广州。

· 诗意广州

南宋年间，刘克庄曾在广州就任“提举”和“市舶使”，时长两年。他热爱广州，写了不少记录广州习俗的诗，都很生动而动情。这两首就是他记录的波罗庙祭神的盛况。

“香火万家市”，广州人多，且有虔诚的宗教感情。这是从根源上说明到波罗庙祭神何以这么热闹。

“烟花二月时”，李白是“烟花三月”才下扬州的，广州春早，所以二月就已经繁花似锦了。这是南国的特色。

上文概述了广州的繁盛。有了上文的铺垫，“居人空巷出，去赛海神祠”，就在读者的心目中形成人头攒动的景象，增添了诗的艺术效果。用个“赛”字，又把活动的性质也点明了：那不是祭神这么简单。而是相当于一次赛会，是集祭祀、表演、竞技、娱乐、购物于一身的。

第二首，“东庙小儿队”，记录了当时的赛会，有小儿的队伍。这习俗表明，广东人对于全民的盛事，参与的劲头一向都很高。

“南风大贾舟”，海上商人也来参与，经济实力也就不容置疑，这赛会办得如何，不问而知了。

历史上相传，最热闹的赛会在扬州。而扬州肯定已比不上广州，但刘克庄则明知故问：“不知今广市，何似古扬州。”究竟是古扬州更热闹，还是今广州更热闹呢？这就给诗歌又增加一点摇曳了。

题南海祠[1]（其三）

宋·葛长庚

何处人间得五羊，海城鼓角咽昏黄。
无心燕子观秦越，有口檐铃说汉唐。
九十日秋多雨水[2]，一千年史几兴亡。
圣朝昌盛鲸波息[3]，万国迎琛舶卸樯[4]。

（《海琼集》卷四）

注释

1. 南海祠：即南海神庙。2. 九十日：农历称七月、八月、九月为三秋，共九十日。3. 鲸波息：大海风平浪静，喻天下太平。4. 琛：珍宝。

作者介绍

葛长庚（1134—1229），字白叟，号白玉蟾，闽清（今属福建）人。常往来于罗浮、武夷诸山修道。有石刻留惠州西湖玄妙观。著有《玉隆集》《上清集》《武夷集》等。

· **诗意广州**

葛长庚虽是个道教人物，但古代的士人往往自由出入于儒道佛，葛氏这诗一点也没有道教的气息，和士人的思想感情是完全相通的。

“何处人间得五羊，海城鼓角咽昏黄”，在一个黄昏，作者耳听着鼓角声，想起了五羊的故事，掀起了后面的历史感喟。

“无心燕子观秦越，有口檐铃说汉唐”，燕子本有心，说它“无心”，是强调它“不在意”。檐铃本无口，说它有口，是表示不足为凭。全联意思，秦越也好，汉唐也好，都已成历史陈迹了。

特别就粤地来说吧。“九十日秋多雨水，一千年史几兴亡”，此地的特点是多雨，而相似点则是同有兴亡，什么南越国、南汉国的。现在不都是历史陈迹，不必介怀了吗！

历史，由它去吧！把握着现在就好。“圣朝昌盛鲸波息，万国迎琛舶卸樯”，现在连海也不扬波，贸易繁盛，海船载着珍宝陆续到来。是好日子呵！

景泰寺

宋·李昴英

树合疑山尽，攀缘有路通。
远鸦追夕照，低雁压西风。
瀑势雷虚壑[1]，松声浪半空。
凭栏僧指似[2]，涨雾是城中。

（《文溪集》卷十四）

注释

1. 虚壑：空谷。2. 指似：指点。

作者介绍

李昴英（1201—1257），字俊明，番禺（今广州）人。南宋宝庆二年（1226）进士，累官至龙图阁待制、吏部侍郎。端平二年（1235），李昴英协助崔与之解广州城之围，功闻于朝。为官正直无私，多次弹劾权贵，不惜犯颜被贬。宋理宗曾赞许李昴英“南人无党”。晚年归隐羊城文溪，故自号文溪。卒谥忠简。著有《文溪集》传世。

· **诗意广州**

李昴英是地道的广州人。南宋时候，广州城郊还很荒僻。景泰寺在白云山畔，也还是个佛门清静地。看李氏的描述：

“树合疑山尽”，寺在山边，大树多得遮天蔽日。“攀缘有路通”，总算有路相通，但绝对不是平路，需要“攀缘”，不用手帮忙就无路可走。那是什么路？由此可见，这寺是远离人世的啊！

“远鸦追夕照，低雁压西风”，李氏游寺，前两句说的是来路，这两句说的是到寺后的观感。夕照，已经傍晚；西风，有点寒意。

但景泰寺最特别的却是它的声威：“瀑势雷虚壑，松声浪半空”，瀑布下泻于山壑，声如雷响；松涛一直如海浪般盘绕空中。总之，这里是大自然，其景物，其声响，都和人为没有什么关系。

这里好就好在远离尘嚣，所以作者最后写道：“凭栏僧指似，涨雾是城中。”寺僧指着雾霭说：“那就是广州城了。”——原来，尘世和这里是大不相同的！

李氏这诗没有明确说出什么想法，但想脱离尘嚣的心意却表达了。

水调歌头·题斗南楼和刘朔斋韵[1]

宋·李昴英

万顷黄湾口，千仞白云头。一亭收拾[2]，便觉炎海豁清秋[3]。潮候朝昏来去[4]，山色雨晴浓淡，天末送双眸。绝域远烟外[5]，高浪舞连艘[6]。　风景别，胜滕阁[7]，压黄楼。胡床老子[8]，醉挥珠玉落南州[9]。稳驾大鹏八极[10]，叱起仙羊五石，飞佩过丹丘[11]。一笑人间世，机动早惊鸥。

（《文溪集》卷十九）

注释

1. 刘朔斋：即刘震孙，字长卿，号朔斋，南宋宝祐三年（1255）提举广东常平。2. 一亭：指斗南楼。上建有亭，可以登临眺望。3. 炎海：指南海炎热之地。4. 潮候：潮信。潮涨潮落有一定时候，故称。5. 绝域：极远的地域，指海外之地。6. 连艘：连船。此两句写海上交通贸易的盛况。7. 滕阁：指滕王阁。在江西南昌赣江边，唐滕王李元婴都督洪州时所建。阎伯屿为洪州牧，宴群僚于阁上，王勃省父过此，即席作《滕王阁序》。8. 胡床老子：用庾亮之事。南朝刘义庆《世说新语》载，庾亮在武昌，秋夜登南楼，据胡床，与诸人戏谑，自云，“老子于此处，兴复不浅”。9. 珠玉：比喻文辞美妙的诗文，这里赞美刘朔斋的雅兴和文才。10. 八极：八方遥远之地。11. 丹丘：神话中的神仙之地。

李昴英是个胸怀大志的人。在斗南楼，和朋友一起，登高望远，很自然地唤起胸中的豪气。用这豪气看待事物。那就有点“万象为宾客”的感觉，一切都得听任他调度了。他又是个“词坛射雕手”，于是把这首水调歌头写得高华俊爽、笔花飞舞。“万顷黄湾口，千仞白云头”，平凡的地点，写得极有气概，把自己的豪气贯注其间。

“一亭收拾，便觉炎海豁清秋”，再把地点细化，既显示豁然开朗的心情，又顺手把“炎海”牵过来，便于下文展开。“潮候朝昏来去，山色雨晴浓淡，天末送双眸。绝域远烟外，高浪舞连艘”，斗南楼上所见海景，变幻多端。极目远眺，海船一艘接一艘，足以令人胸襟开拓、浮想连翩。

上阕关注着题中的“斗南楼”，下阕要提到“刘朔斋”了。但得先来个过渡：“风景别，胜滕阁，压黄楼。”这斗南楼，因为风景特殊，所以胜过滕王阁和黄鹤楼，刘朔斋在此题词“胡床老子，醉挥珠玉落南州”！至于“稳驾大鹏八极，叱起仙羊五石，飞佩过丹丘”三句，是在宣示刘氏的（其实也是李氏的）志向。他们都想令大鹏、仙羊、五石振作起来。

最后两句，“一笑人间世，机动早惊鸥”，是老朋友间调侃的口吻：你的心思一动，白鸥就看出了，可笑吧？为什么作这调侃？可能因为他们都没有机会去做想做的事。

蒲涧滴水岩观瀑[1]

宋·李昴英

与可人游五四并[2]，快风吹面洗炎蒸。
鹿巡夹道千章木[3]，猿挂垂崖百尺藤。
石室横琴清振玉，壶瓢酌水冷调冰。
瀑帘雨后笼山阔，不许尘埃俗耳听。

（《文溪集》卷十五）

注释

1. 蒲涧滴水岩：蒲涧在白云山，相传安期生在此采吃九节菖蒲而升仙。涧旁有蒲涧寺，涧的上游有滴水岩，雨天滴水形成水帘。“蒲涧帘泉”是宋代羊城八景之一。2. 可人：有才德的人，引申为称心意的人。四并：指良辰、美景、赏心、乐事四者同时遭逢。3. 千章木：千株大树。

· **诗意广州**

南宋时期，蒲涧还是荒凉之地，距离广州城尚远。但这里有“帘泉”之景，所以也就有不少文人墨客来游。滴水岩的“瀑”，正是构成水帘的物事，所以更加吸引他们的眼球。

“与可人游五四并，快风吹面洗炎蒸”，这句交代了几点：一是有几个称心如意的朋友一起去游；二是时在夏天，此地能消暑；三是情绪很好，觉得风也是愉快的。

“鹿巡夹道千章木，猿挂垂崖百尺藤”，那真是个荒凉世界，“巡”“挂”，动物有自然生趣。而此地，树木多，道路荫翳；悬崖高，野藤蔓生。

“石室横琴清振玉，壶瓢酌水冷调冰”，人可不是动物，有文化生活：弹琴，煮茗。而在这个特殊环境里，琴音特别“清”，水特别“冷”。

“瀑帘雨后笼山阔，不许尘埃俗耳听”，很幸运，遇着“雨后”，瀑布加阔，所以“观瀑”正得其时：整个山都被瀑布覆盖，那种超脱尘世之感，是那些还被尘埃裹着的人无法领略，连听也听不到的。李昴英这种感受是对滴水岩的高度赞美。

登粤秀山

宋·李春叟

宇宙皇图远[1]，山川霸气收。
唯余汉时月，犹照越台秋。
天迥明城树[2]，云空敛海楼。
清光对尊酒[3]，莫作古今愁。

（《全粤诗》卷四十八）

注释

1. 皇图：封建王朝的版图。2. 迥：高、远。3. 清光：月光。尊酒：指杯酒。

作者介绍

李春叟（1219—1298），字子先，号梅外，东莞南城白马（今广东东莞）人。南宋宝祐四年（1256）省试中选，曾任肇庆府司理等。为除广州买银场弊端，解百姓难，上书监察御史郭阊陈述其害，后郭阊奏请皇帝罢买银场。景炎二年（1277），元兵攻入广州，众皆畏惧，春叟毅然来至广州与元军谈判。誓死不任元军所授东莞邑令。此后绝意不仕，居家讲学，年八十卒。著有《咏归集》。

从诗中用词推测，这时广州已沦元军之手，而李氏是在夜色下登山的。

“皇图远”，版图宽广。可是，原先的“霸气”，现在已经不存在了。这是李春叟这一回“登粤秀山”总的感慨。

细致一点说，是感到只剩下一片凄清的月色还覆照着越王台。“唯余”，可见其他美好的东西都已失去。“犹”，表示对月色的依恋，而情感更因对月色之依恋而触绪万千。怀古伤今，情溢于外。

颈联略转，只说景物。但在好像无情中实际有情。“天迥明城树”，入夜登台一望，远处连天的一座大城，只有树色特别抢眼。人呢？往时万家灯火那种热闹呢？没有了！从命意上说，这句和杜甫的“城春草木深”好有一比。至于“云空敛海楼”，读之，读者会记起李白的“云生结海楼”。那是多么高华之作啊！而现在呢？换了两个字。一个“空”，表示没有了。再一个“敛”；更加强调了一种翻天覆地的变化。整个情调变得多么阴沉！

尾联以“清光对尊酒，莫作古今愁”作结，非常严整。在冷清清的月色下，亡国之人，面对现实无能为力，只好借酒消愁，别的都不去想了！

水帘洞[1]

宋·张镇孙

岧峣仙境倚层丘[2]，百尺泠泠瀑素流[3]。
春长嫩莎成绣幕，夜留新月作琼钩。
涧边云护千年韭[4]，岩底凉生六月秋。
欲访安期何处觅[5]，药炉丹灶且追游。

（《广东通志》卷一百）

注释

1. 水帘洞：作者自注，“在白云山”。水帘洞即“蒲涧濂泉”，在今白云山滴水岩。2. 岧（tiáo）峣（yáo）：形容山高峻的样子。3. 泠泠：形容声音清越、悠扬。又可解作“清冷、冰凉”。4. 千年韭：即菖蒲。相传蒲涧中生菖蒲，一寸九节（一说十二节），服之长寿。5. 安期：亦称“安期生”，秦时方士。相传曾隐居于濂泉边蒲涧寺，采涧中菖蒲服之，于七月二十五日仙去。秦始皇遣人访之，求长生不老术。

作者介绍

张镇孙（1235—1278），字鼎卿，南海（今广州）人。南宋咸淳七年（1271）进士第一，为两宋岭南籍唯一的状元。景炎元年（1276），元军南下，起为龙图阁待制、广东制置使兼经略安抚使，领兵收复广州。次年二月，兵败被擒，押解至大庾岭时自缢而死。著有《见面亭集》。

• 诗意广州

这是一首写景诗。张镇孙把广州一个胜地“蒲涧濂泉”，写得充满诗情画意。

“岧峣仙境倚层丘，百尺泠泠瀑素流”，先概括地说，这是个依傍高山的“仙境”，一条长长的瀑布泛着永恒的白光。

中间四句，很富独特的想象力，又很显豁，文从字顺，充满爱惜之情。

“春长嫩莎成绣幕，夜留新月作琼钩”，把寻常的春草比成“绣”幕、新月比成“琼” 钩，都变得更宝贵、更可爱了。

何况，“涧边云护千年韭，岩底凉生六月秋”，大自然对这涧也特别爱护，涧边云片在守卫着菖蒲，岩底则为炎夏输送凉意。

综合上文，可见这是个真仙境。假如谁想要访问仙人安期生，你在洞里寻到他的炼丹炉灶，顺藤摸瓜就行了！

过零丁洋[1]

宋·文天祥

辛苦遭逢起一经[2]，干戈寥落四周星[3]。
山河破碎风飘絮，身世浮沉雨打萍。
惶恐滩头说惶恐[4]，零丁洋里叹零丁。
人生自古谁无死，留取丹心照汗青[5]。

（《文山集》卷十九）

注释

1. 零丁洋：即“伶仃洋”，现在广东省珠江口外。2. 起一经：指因科举而被朝廷起用做官。3. 干戈：干和戈是古代常用武器，“干戈”用作兵器的通称，这里指战争。四周星：四周年。自南宋德祐元年（1275）元兵渡江至祥兴元年（1278）。4. 惶恐滩：赣江十八滩之一，在今江西万安境内。1277 年，文天祥在江西被元军打败，部属死伤惨重，妻子儿女也被元军俘虏。5. 汗青：借指史册。

作者介绍

文天祥（1236—1283），字履善，又字宋瑞，号文山，吉州庐陵（今属江西）人。南宋德祐元年（1275），元兵渡江，应诏勤王。二年，出使元军议和，被拘至镇江，后脱逃。端宗即位，拜右相兼枢密使，率兵在福建、广东坚持抗元。祥兴元年（1278）被俘于五坡岭，次年拒元将张弘范诱降，书《过零丁洋》诗以明心志。后被囚于元大都三年，屡拒威逼利诱，视死如归。临刑前作《正气歌》。谥忠烈。有《文山集》。

南宋被元军攻打，无力抵抗。文天祥受诏起兵，而兵势不盛，终于兵败被俘。先被押送去潮州见元军首领张弘范。次年正月初六，文天祥被元军押送离潮州，过零丁洋，至崖山，文天祥写下此诗。

回顾这几年，文天祥既想到国家命运，也想到个人命运。他既看清楚国家的颓势，也考虑清楚个人的生命价值，决定以死殉国。他的经历，他的思考，他的决断，他的痛苦，他的明智，都在这短短的五十六个字里表现出来了。

“辛苦遭逢起一经”，他强调自己是读圣贤书、按照圣贤指导做人的。这个声明和诗的结尾呼应。

“干戈寥落四周星”，是对自己兵败原因的一个委婉说明：宋王朝虽然叫人“勤王”，但响应者寥寥。他兵力不足的深层原因在此。

“山河破碎风飘絮，身世浮沉雨打萍”，上文“干戈寥落”实际已经说了南宋没有控制力，导致山河破碎。而他自己，“身世浮沉”，无能为力。用“风飘絮”“雨打萍”形容，贴切而悲凉之感溢于言外。

“惶恐滩头说惶恐，零丁洋里叹零丁”，这两句写的是他的“辛苦遭逢”，兵败的仓皇，被俘的痛楚。不过谁看了都不会把这些看成是他的罪过。他战斗了，绝不是个软蛋。

最后两句是他对自己命运的前瞻：圣贤所教，名誉重于生命！因此，唯有一死，决不投降。这诗催人泪下，也催人奋发。

越王台

宋・文天祥

登临我向乱离来[1]，落落千年一越台[2]。
春事暗随流水去，潮声空逐暮天回。
烟横古道人行少，月堕荒村鬼哭哀。
莫作楚囚愁绝看[3]，旧家歌舞此衔杯[4]。

（《文山集》卷十九）

注释

1. 乱离：遭战乱流离失所。2. 落落：零落，这里是孤零零的意思。3. 楚囚：俘虏，指自己。4. 旧家：从前的世家，这里指南越王赵佗。

· **诗意广州**

文天祥被俘后押送广州见元军首领张弘范。张弘范为诱降，允许他游览，登上越王台。但文天祥始终不受诱惑。

“登临我向乱离来，落落千年一越台”，除了历史之外，他只记得“乱离”。这就把他这一回的登临和所有其他欢愉的游历区别开来了。

“春事暗随流水去，潮声空逐暮天回”，“春事”代表“美好”，没有了；只有“潮声”还在。一个“暗”字，一个“空”字，写出他的落寞与失望。他曾经“勤王”，无奈失败了，现在已成俘虏，前景极其暗淡。

再放眼广州城，战乱之后，“烟横古道人行少，月堕荒村鬼哭哀”，人少鬼多，景象凄惨，于是更撩拨起深层的感慨：

“莫作楚囚愁绝看，旧家歌舞此衔杯”，这两句并非一般的兴亡之感。关键是“莫”字。他警惕自己不要用“楚囚”的眼光看今事，要记得这里曾是越王把盏欣赏歌舞的地方。寓意是什么？中国向来重视文化底蕴，“旧家”是有底蕴的，而元朝没有，所以从长远看，元朝的统治是不能长久的，“旧家歌舞此衔杯”的情景一定会再现的！——这意思在当时也不宜直接表述，所以写得特别委婉。

出广州第一宿

宋·文天祥

越王台下路，搔首叹萍踪。
城古都招水[1]，山高易得风。
鼓声残雨后[2]，塔影暮林中[3]。
一样连营火，山同河不同[4]。

（《文山集》卷十九）

注释

1. 招水：当时广州城南的珠江码头，在现在的中山五路一带，城东为东濠水萦绕，城西有西濠水，过去西濠是由古流花湖、古荔枝湾形成的水网地带，故云“城古都招水”。2. 鼓声：暮鼓声，附近有西来庵（今华林寺）。3. 塔影：指六榕塔、光塔等。4. 山同河不同：此句互文，即“山河同，山河亦不同”，有山河依旧、江山易主的意思。

- **诗意广州**

南宋祥兴二年（1279）三月，文天祥被元军押送到广州。元军首领张弘范劝降未果，奉元朝皇帝忽必烈命令，押送文天祥北上。这首诗作于文天祥被押离广州的第一个晚上，真切地反映出被俘人员特别的心思。

“越王台下路，搔首叹萍踪”，第一句点出地点：广州越王台下。第二句用上关键字“叹”。他不是广州人，是像浮萍一样漂泊而来广州的，现在又是被押着走的，很特别，最值得感叹，所以“搔首”，很无奈。

“城古都招水，山高易得风”，广州城是个好地方，既有珠江水网在前，又有高高的白云山作依傍，还有历史底蕴。

但是，这城如今怎样？听听，佛寺的鼓声都被“残雨”所湿；看看，高高的佛塔，影子落在“暮林”之中。被元人占领的广州城已经陷入一片阴暗了啊！

入夜，“一样连营火”，灯火连营，看来好像夜景没变。然而，“山同河不同”，山河在外表不变，实际却已变了！诗中飘动的是浓浓愁思。

明

广州杂咏和刘主事子高[1]（其二）

明·徐贲

鲫鱼潮退余溪卤[2]，牡蛎墙高结海沙[3]。

红豆桂花供酿酒，槟榔蒌叶当呼茶[4]。

（《北郭集》卷六）

注释

1. 刘主事子高：即刘崧，字子高，江西泰和人，有《广州杂咏》组诗写广州人情风物。2. 溪卤：这里指退潮时剩下的淤泥及浊水。卤的本义是制盐时剩下的黑色汁液。3. 牡蛎墙：用牡蛎壳砌的墙。4. 槟榔：棕榈科常绿乔木，产于热带。果实呈长圆形或卵球形，可吃。蒌叶：胡椒科植物，含有大量挥发油和多种微量元素，与槟榔搭配一起吃特别好。吃槟榔时常用蒌叶包裹在槟榔外层。

作者介绍

徐贲（1335—1393），字幼文，号北郭生，长洲（今江苏苏州）人。工诗善画。为明初十才子之一，又与高启、杨基、张羽合称吴中四杰。洪武中，被荐入朝，官至河南左布政使，以军队过境，犒劳失时，下狱死。有《北郭集》。

• 诗意广州

徐贲于明洪武十一年（1378）正月升广东布政司参政，同年迁广西参政，改刑部主事。此诗当作于广东任上。

徐贲和刘子高都来自外省，对广州都有点新异的感觉。所以刘子高就写了《广州杂咏》的组诗，而徐贲也写诗应和他。两人的诗都能写出对广州的新异的印象。

“鲫鱼潮退余溪卤”，是广州特色。鲫鱼是淡水鱼，广州那时虽近海，但据徐贲的观察，潮水却还是淡水，所以称之为“鲫鱼潮”。潮水退后只剩水底的黑色污泥，这观察也细致。

“牡蛎墙高结海沙”，这也是广州贫民屋宇的特色：捡牡蛎壳层层积叠做墙，中间填以海沙。

“红豆桂花供酿酒”，广州盛产红豆、桂花，可供酿酒。这特点也给徐贲注意到了。

“槟榔蒌叶当呼茶”，这还是广州特色：招呼客人往往不用茶水，而邀请客人嚼槟榔。

徐贲这首诗为我们提供了明初的广州生活场景，看来，这场景是属于一般老百姓的。

登广州城楼

明·徐贲

五岭南来瘴海深[1]，秋风榕叶尚阴阴。
安期一去家遗舄[2]，陆贾重来橐有金。
门限虎头潮上下[3]，城开雁翅客登临。
清时不用频兴感[4]，万里惟存向阙心[5]。

（《北郭集》卷七）

注释

1. 五岭：亦作“五领”。大庾岭、越城岭、骑田岭、萌渚岭、都庞岭的总称，位于江西、湖南、广东、广西四省之间，是长江与珠江流域的分水岭。瘴海：瘴气笼罩，如海洋一般。2. 遗舄（xì）：遗弃的鞋子。3. 虎头潮：潮汐拍打在河岸上形如虎头，故称“虎头潮”。4. 清时：清平之时，太平盛世。5. 向阙心：心怀君王的忠心。阙，古代皇宫大门前两边供瞭望的楼，这里指君王。

· 诗意广州

“登广州城楼”这样的诗题，恐怕已有成千上万人写过。广州城的特色人尽皆知，怎么写得有新鲜感？就看作者的修养功力了。

这诗的首联，平平无奇。颔联用安期、陆贾典故，也似一般化。但是，作者在安期的鞋子、陆贾的口袋着笔，却是出人意料的。登上广州城自然会回忆起这些历史故事。不过，如果下面还是回忆典故，就枯燥平淡了。所以就置换为写眼前景物和自家经历。他看到的是潮打城门，状如虎头；他觉得自己从北方来，好像雁南飞，飞到这城门上。于是生出感慨：现在是太平盛世，自己站在这里，虽则万里之遥，心还是牵系着朝廷的。但他又故意说反话：“不用频兴感。”说反话，一般都显露一点不满情绪。这是怎么回事？从颔联所用典故推测：他说到安期，却特别提到他留下鞋子在家，莫非等着回来穿？这不等于说，还有点留恋吗？他又说到陆贾，那是乱时，陆贾一来，就立功回去。现在呢？“清时”，没这好机会了！即使陆贾重来，赵佗也不会拿金装橐赠他了。

由此看来，这首诗还是隐隐透露出徐賁要在人间立功的热切心肠的，不过他写得委婉。

岭南杂录[1]（其四）

明·汪广洋

石鼎微熏茉莉香，椰瓢满贮荔枝浆。
木棉花落南风起，五月交州海气凉[2]。

（《御定佩文斋咏物诗选》）

注释

1. 岭南杂录：《御选明诗》作“岭南杂咏”，诗句文字略有出入。《岭海名胜记》作“广州杂咏”。《凤池吟稿》不载。2. 交州：指广州。广州曾为东汉和三国吴的交州治所。

作者介绍

汪广洋（？—1379），字朝宗，高邮人。元末进士。随朱元璋起义反元。明洪武三年（1370），召为左丞，遭右丞杨宪忌恨，以御史劾奏放还乡，再徙海南。杨宪被诛后召还，封忠勤伯，拜右丞相。洪武六年（1373），被贬为广东行省参政。后又召为御史大夫，复拜右丞相。洪武十二年（1379），再次贬谪海南，途中被下诏赐死。有《凤池吟稿》十卷。

· **诗意广州**

这首诗题为“岭南杂录”，也有作“广州杂咏”的。看诗的内容，写的是岭南风物。但岭南的首府就是广州，广州最具岭南的代表性。诗中所写，其实都以广州为模特。因此，标题用“岭南”还是用“广州”，可以不必认真区别。

在明朝，广州茉莉茶有名。茉莉茶的制作，以使用石鼎，慢火煮为佳。汪氏只用七个字，简略而音韵妥帖地写出，以一个“香”字收束，让茶香飘溢，很美。

椰子、荔枝也是广州（岭南）特产。作者以“椰瓢满贮荔枝浆”来表现，有所加工而合生活实际，把两种看似无关的事物巧妙地联结起来了。

末尾两句写得很朴实，只像娓娓而谈，说的都是眼前景物、实际感觉，但用“五月”表明时序，用“交州”表明地点，用个“凉”字宣达欢快的情绪，则是似在无意中有意显示的内容。不过，这种显示丝毫不伤及全句自然叙述的风格，让读者觉得好像是在和家人讲家常话一样，非常亲切。

广州歌

明·孙蕡

广南富庶天下闻，四时风气长如春[1]。
长城百雉白云里[2]，城下一带春江水。
少年行乐随处佳，城南南畔更繁华[3]。
朱楼十里映杨柳，帘栊上下开户牖[4]。
闽姬越女颜如花[5]，蛮歌野曲声咿哑[6]。
岢峨大舶映云日[7]，贾客千家万家室[8]。
春风列屋艳神仙，夜月满江闻管弦。
良辰吉日天气好，翡翠明珠照烟岛。
乱鸣鼍鼓竞龙舟[9]，争赌金钗斗百草[10]。
游冶留连望所归，千门灯火烂相辉。
游人过处锦成阵，公子醉时花满堤。
扶留叶青蚬灰白[11]，盘饤槟榔邀上客[12]。
丹荔枇杷火齐山[13]，素馨茉莉天香国[14]。
别来风物不堪论，寥落秋花对酒樽。
回首旧游歌舞地，西风斜日淡黄昏。

（《西庵集》卷四）

注释

1. 风气：气候。2. 百雉：一雉之墙长三丈，高一丈。百雉之城是大城。3. 城南南畔：又作“城南濠畔”，自宋以来就是商贾云集之地，元时繁华尤过于宋。4. 户牖：门窗。5. 闽姬越女：泛指各地来的优伶小倡。6. 蛮歌野曲：南方少数民族之歌，这里指粤地特有歌曲，如疍歌、咸水歌等。7. 岢（kě）峨：山高峻貌，这里形容船大如山。8. 贾客：商人。9. 鼍（tuó）鼓：鼍，扬子鳄。用鼍皮蒙的鼓，乃鼓之最优者。竞龙舟：赛龙舟，中国传统节日端午节的习俗之一。珠江三角洲依然保留了龙舟竞渡的民俗，不少村中仍保存着上百年，甚至两百多年前的古龙舟龙头。10. 斗百草：一种游戏，以花草相斗决胜负。或以叶柄相勾，捏住相拽，断者为输。11. 扶留：一种藤类植物，叶子大如巴掌，果实形似桑葚，味辛可食。此藤植于舍外，可以遮阴。蚬灰：蚬壳灰，色白，可用以粉刷房子。12. 饤（dìng）：盛放食物。13. 火齐：火齐珠，又名玫瑰珠，出自印度，大者如鸡卵，色黄赤似金。14. 天香：指牡丹。

作者介绍

孙蕡（1334—1389），字仲衍，号西庵。顺德（今属广东佛山顺德）人。元末与黄哲、李德、王佐、赵介结“南园诗社”，合称“南园五子”。明兵下广东，孙蕡为何真作书请降。洪武中历虹县主簿、翰林典雅。预修《洪武正韵》。后坐党事论死。孙蕡一生著作甚多，可惜大多散佚。有《西庵集》传世。

· 诗意广州

全首诗写的是对广州繁华的追忆。以前，“如春”；现在，“寥落秋花”。在“西风斜日淡黄昏”中“回首旧游歌舞地”，就是这首诗的主题。

从整个广南（即岭南）说起，广南是富庶的，而最富庶的是广州，“城南南畔更繁华”。后面的诗句都围绕着“繁华”下笔。朱楼十里间一所接一所，都在杨柳阴里，所所有楼，上下开窗户。内中是南海边的漂亮歌女，奏唱的是当地的歌曲。而乘大船来这里经商的商人，早在这里安了家。家家有美女，夜夜奏管弦。

如果天气好，出游的人华丽的头饰就争相照耀。而一到某些节日，龙舟竞渡，或者金钗斗草，都很热闹。人们流连忘返，一直到入夜，那些华贵衣装的人才陆续回家。家又怎么样？房子用蚬灰粉刷，屋前种上扶留。屋里待客有槟榔盘子，园子里有荔枝枇杷，女性都簪着南国特有的香花。真是繁华到家了。

14 世纪广州富人区的生活情景如何？孙蕡为我们用诗笔描述了。

白云山

明·孙蕡

白云山下春光早，少年野游风景好。
载酒秦佗避暑宫[1]，踏青刘钅长呼鸾道[2]。
木棉花落鹧鸪啼，朝汉殿前日未西。
歌罢美人簪茉莉，饮阑稚子唱铜鞮[3]。
繁华往似东流水，昔时少年今老矣。
荔子杨梅几度红，柴门寂寂秋风里。

（《西庵集》卷五）

注释

1. 秦佗：赵佗。2. 刘钅长（chǎng）：五代时南汉国君。刘晟长子。在位十三年，史称后主。呼鸾道：南汉刘龑从越秀山下铺砌一条通往越王台的磴道（石台阶），两旁种植金菊、芙蓉，称“呼銮道”，亦写作“呼鸾道”，这一带便成了皇家园林。3. 铜鞮（dī）：《隋书·音乐志上》，“初武帝之在雍镇，有童谣云，‘襄阳白铜蹄，反缚扬州儿’”。蹄，亦作鞮。此处铜鞮代指童谣。

元末，孙蕡曾避战祸于白云山。许多年过去后，回忆往日，还是有滋有味的。

孙蕡在首句用“春光”代表少年时代的风貌，而在结句，则以“秋风”来表示老来的衰飒，显得怀旧的意兴十分强烈。再加上“冶游风景好”的字样，兴致就更突出了。

他所记忆的胜地，都属于古迹。而那些地方，竟是他“载酒”“踏青”之所，熟识得不得了。

至于这里的生活情景，他也是记忆犹新的。朝汉台边，那时种满木棉树。繁花落时，鹧鸪声声，增添人的游兴，总觉得太阳还未到落下的时分。欢歌乐饮，女子簪香花，孩子唱童谣。那是多么愉快的时刻啊！这里提到的物事，几乎都带着岭南特色：木棉花、朝汉台固然为岭南独有，就是茉莉，其实也有典故。南汉宫女爱簪茉莉，茉莉与素馨同类，以至于埋葬宫女的地方，都特别叫作“素馨斜”。可见“簪茉莉”也是岭南美人特色。

尾后四句，情调变了。繁华似水，一去无踪，少年已老，寂寂柴门。但是在阴暗的色调中，作者用了岭南特产“荔子”加上杨梅的鲜“红”，点染一下，色调就和缓许多了。这也是作者情绪决定的。他对白云山的回忆不应当太过暗淡。

寄王彦举[1]——明·孙蕡

绿杨阴下玉骢嘶[2]，丝络银瓶带酒携。
梦入南园听夜雨[3]，不知身在蒋陵西[4]。

（《西庵集》卷十）

注释

1. 王彦举：王佐，字彦举，广东南海人。作者诗友，曾与作者结诗社于南园，为“南园五子”之一。2. 玉骢（cōng）：玉花骢，泛指骏马。3. 南园：即广州南园，孙蕡少年时与王佐在南园结社。4. 蒋陵：即钟山，在南京东北。三国时，孙权因避祖父讳钟，以东汉末秣陵尉蒋子文葬于此而改名。

· **诗意广州**

王佐，字彦举，是孙蕡多年好友。孙蕡在广州时，结南园诗社于抗风轩。王佐即已参与，同被称为“南园五子”。孙蕡作这首诗时，正在南京任职，春风得意。但他十分怀念王佐，就写下这首诗寄给他。诗写得感情真挚，文句清丽，结构也相当巧妙。

“绿杨阴下玉骢嘶，丝络银瓶带酒携”，这是写他的梦境，不过文字上却像叙事一样，让人先作真事看。作者在这里尽量运用清词丽句，因为这梦境太美好了：要到南园去啊！去见老朋友啊！走的是林荫道，骑的是玉骢马，装美酒的是银瓶，还用丝络挽着，无不带着他春风得意的好心情。

然而，“梦入南园听夜雨”，等到他梦入南园后，朋友不在，只有夜雨传声。这一句其实很扫兴。但在诗作上，却是个好转折，有利于把最后一句的正意顺利表述。

“不知身在蒋陵西”，用了“不知”两字，很能传达梦境初醒时的情状。好梦使人迷恋，他在梦里肯定还在寻找王佐，然后逐渐清醒：原来自己还在南京！从“不知”到知道，才是梦境破灭的过程。假如换上“原来身在……”，那就是事后的断言，不是过程的描述，于诗作上就掉价了。

听雨

明·赵介

池草不成梦，春眠听雨声。
吴蚕朝食叶，汉马夕归营。
花径红应满，溪桥绿渐平。
南园多酒伴[1]，有约候新晴。

（《御选明诗》卷五十二）

注释

1. 南园：即广州南园。明洪武初，赵介、孙蕡等五人在此结社，号“南园五子”。嘉靖时，又有欧大任、梁有誉等五人，于此结社，号“南园后五子”。

作者介绍

赵介（？—1389），字伯贞，番禺（今广州）人。南园五子之一。洪武初，屡荐不起，发愤读书。无意仕途，临清流而结舍，命书斋名为“临清轩”，以陶渊明自拟。明洪武二十二年（1389），因事被诬，逮赴京师。后被释放南还，卒于南昌舟中。著有《临清集》。

· **诗意广州**

赵介是“南园五子”之一，其诗很有传统的诗味。

从审题说起吧。题目是“听雨”，必须围绕“听”字下笔。假如所写让读者觉得不是“听”而是“看”，那就失败了。且看赵介如何处理。

首联“池草不成梦，春眠听雨声”点题，却从谢灵运的名句“池塘生春草”翻出新意，诗的文化内涵马上得到增值。

颔联“吴蚕朝食叶”，是形容细雨的雨声；“汉马夕归营”，则恍如大雨倾盆。他的比喻都在描述声音，然而惟妙惟肖，该柔婉的柔婉，该刚烈的刚烈。

颈联和尾联转写听雨的联想：雨后，明天落花铺地，野水桥平，红绿相衬，煞是好景。到时，“南园多酒伴，有约候新晴”，和南园的朋友相聚，其乐无穷啊！

整首诗，诗法严整。即如末两字，一个普通的诗人，可能凑上“欢情”充数。而赵介却一定要用“新晴”去应答上文对雨声的描述。没有这“晴”“雨”的应答，诗就散了。

正因为“南园五子”诗法都很有造诣，既严整，又灵动，所以当时广州诗坛在全国也是颇有名气的。

浴日亭次东坡韵[1]

明·陈献章

残月无光水拍天，渔舟数点落前湾[2]。
赤腾空洞昨宵日，翠展苍茫何处山。
顾影未须悲鹤发，负暄可以献龙颜[3]。
谁能手抱阳和去[4]，散入千崖万壑间。

（《陈白沙集》卷七）

注释

1. 次韵：和诗的一种方式，也叫步韵，即按照原诗的韵和用韵的次序来和诗。2. 前湾：即黄木湾。3. 负暄：《列子·杨朱》载，宋国有个田夫，仅靠单薄的冬衣过冬。春天来了，晒着太阳对妻子说："晒太阳的暖和没有人知道，把它献给我的国君，一定有重赏。"后以"负暄"为向君王敬献忠心的典实。4. 阳和：温暖的阳光，这里指皇帝的恩泽。

作者介绍

陈献章（1428—1500），字公甫，号石斋，世称"白沙先生"，新会（今广东江门新会）人。明成化五年（1469）再次应试不第，决意弃绝仕途，返回故乡治学，于广东新会建"小庐山书室"做学堂。治学期间，名声大噪，一时慕名而来者络绎不绝。成化十五年（1479）后受彭韶、朱英等人举荐，宪宗下诏请其入京。途经广州时，官府按照古礼制，请陈献章乘坐"公车"，从城南往城北藩台巡行，接受百姓瞻仰，一时人山人海。弘治十三年（1500）卒于家乡。有《白沙子全集》。

· **诗意广州**

北宋绍圣元年（1094），苏东坡被贬谪至惠州。路过广州时曾登上南海神庙前的章丘小亭观看日出，写下了《浴日亭》诗。明成化二十一年（1485）春，陈白沙外出访友，路过广州时也慕名登上章丘观日出，步苏轼韵写下本诗。

这首“次东坡韵”诗，虽是敬重苏东坡，而情味则和苏诗大大不同。

开头两句写的是太阳未出时的情景。天上的月亮是“残月”，水上的渔火则只有“数点”。总之，光很暗。

而就在“无光”里，太阳出来了，从“空洞”里跳出鲜红的朝日。其光辉所照，远山的青绿色也看得见了。

从无光到有光，是陈献章当时心境特好的写照。他全身心投入教育事业，而他的学生林光当年中了举人，日出海面的壮丽景象，刚好成了他成就辉煌的象征。事业有成，他当然愉快得很。而日出看山的景物描写，大气磅礴，也恰切地衬托着他的喜悦。

这喜悦还催生了后面的四句。首先，他自觉老却还有用，多少可以为国家做贡献。然后，他更进一步发挥想象：这“阳和”是可以“抱”去，“散”给广大人民的！而“谁”可当此重任？从诗的总体推断，只有他自己可以做这个“谁”！由此可见，陈献章是个坚决把教学进行到底的人。

结尾这两句，意气昂扬，想象独特，而最宝贵的是有种对国家、民族的担当。

广州别表弟赵二（其一）

明·祝允明

海边三载试琴才[1]，省问烦君两度来。
天阔风鹏嗟转徙[2]，秋深霜雁独飞回。
计程驿路过江棹，属买渔蓑挂钓台[3]。
别酒多倾也能醉，欢情不似故园杯。

（《怀星堂集》卷六）

注释

1. 海边三载：在兴宁知县任上三年。2. 转徙：以鹏转徙比喻自身耽于功名，羁留异地。3. 属：同“嘱”，嘱咐。钓台：典出《后汉书·严光传》。严光，字子陵，光武除为谏议大夫，不屈，乃耕于富春山。后人名其钓处为严陵濑。“钓台”流露出诗人归隐的意愿。

作者介绍

祝允明（1461—1527），字希哲，号枝山，长洲（今江苏苏州）人。明正德九年（1514）授广东兴宁知县。嘉靖元年（1522）官至应天府（今南京）通判。不久因病致仕归里。与唐寅、文徵明、徐祯卿合称“吴中四才子”。工诗文。书法尤善，兼工楷草。有《怀星堂集》等。

· **诗意广州**

祝允明55岁始授广东兴宁知县。任上三年，他的表弟看望过他两次。在第二次饯别时，他作《广州别表弟赵二》两首相赠。祝允明活在明朝中叶，生活都很平常，所以写诗也没有什么特别的感慨，这首送别诗亦中规中矩。

首联交代缘起：祝氏在广东做县令三年，其间表弟来探望两次。有探望就必有回程，隐藏着离别的意思，这就可以不明说了。

颔联承着讲离别。离别的人物是我和表弟，这两句要全面关照。祝氏以第一句写自己如“鹏”之转徙，而下一个“嗟”字，表示可怜。第二句写赵二如“雁”之回去，而下一个“独”字，也表示出自己的遗憾。

送别诗一般都写在送行之际，颈联所谓“计程”是自己对未来事态的估计。这一联上下句要联系起来读，表现的是祝氏对将来的一点设想：估计表弟要经过严陵濑，就“嘱”他预先买好钓鱼装备，意思是自己要仿效严子陵，归隐去！——这一联写得有点特别，显出作者要写得尽量非一般化。

尾联回到送别的场面，说的是亲戚才会说的话，也非一般化。

如何在平凡中写出非一般化的诗？祝允明做了个榜样。

题席光亭[1]

明·湛若水

先师白沙先生慕凤凰之胜，寄题诗有"借我一席光"之句，水得凤凰西坡建明诚书院，为亭其上以奠先生神位，盖取诗语名曰席光云。

吾师一席光，从谁借于是。
一声凤凰鸣[2]，五色映天地[3]。
此光师自光，何预他人事。
自性得自天，无借亦无匮。
不离一席间，天地万物备。

（《湛甘泉先生文集》卷二十七）

注释

1. 席光亭：明嘉靖三十一年（1552），湛若水在增城凤凰山西麓扩建明诚书院，于书院最高处建亭，以纪念其师陈白沙。2. 凤凰：这里比喻白沙先生。赞扬先生学识德行超群。3. 五色：五色祥云。旧时迷信说法，五色祥云出现，意味着有王佐之才或伟人出现。

作者介绍

湛若水（1466—1560），字元明，号甘泉，增城（今广州）人。少师事陈献章。在翰林院时与王守仁同时讲学，主张"随处体认天理""知行并进"。广建书院，尤以广东为甚，如西樵大科书院、增城莲洞书院、广州白沙书院等。学者称其为甘泉先生。卒谥文简。著有《心性图说》《格物通》《甘泉集》等。

· **诗意广州**

陈白沙先生仰慕湛若水的家乡增城凤凰山，于是向湛若水客气地求“借”一席之地，以领略其光辉。湛若水为报师恩，晚年就在凤凰山上建亭纪念老师，名之曰“席光亭”。从这首诗看，湛若水对陈白沙的思想领悟得非常深刻。短短十句，五十字，基本把陈氏的观念借着说这亭子而说清楚了。

“吾师一席光，从谁借于是”，就拿着陈白沙的原句“借我一席光”下笔，以“谁”作关键字。须知，按陈白沙的观点，这世界是自然的，并不属于谁。

陈氏之所以钟情于凤凰山，是因为凤凰神圣，给人树立榜样。用比喻的说法就是：“一声凤凰鸣，五色映天地。”

陈白沙讲求的是自性，光辉也只是他自己的光辉，谁也无关：“此光师自光，何预他人事。”

再深一层阐述陈氏的观点：“自性得自天，无借亦无匮。不离一席间，天地万物备。”自性原来就是天赋，不用借也永远不会欠缺。孟子不是说过“万物皆备于我”吗？陈白沙老师即使坐在席上，也做到了。他对儒家思想的领悟，高啊！

赞颂老师而不说虚话，只有登堂入室的弟子才能做得到。

题甘泉居[1]

明·王守仁

我闻甘泉居，近连菊坡麓[2]。
十年劳梦思，今来快心目。
徘徊欲移家，山南尚堪屋。
渴饮甘泉泉，饥餐菊坡菊。
行看罗浮云[3]，此心聊复足。

（《王文成公全书》卷十五）

注释

1. 甘泉居：湛若水在广州增城的故居。2. 菊坡：菊坡是崔与之号。凤凰山南麓原有菊坡书院，为崔与之旧居。3. 罗浮：罗浮山离甘泉洞很近，王守仁曾与湛若水相约往游，未成行。

作者介绍

王守仁（1472—1529），幼名云，字伯安，浙江余姚人。因曾筑室于会稽山阳明洞，自号阳明子。为明代心学的代表人物，主张“心外无理”“知行合一”，创立阳明学派。明嘉靖六年(1527)，起用为都察院左都御史，总督两广军务。曾驻镇广州，讲明圣学，与湛若水交好二十余年。刻印过黄佐《广州府志》70卷。后人辑有《王文成公全书》传世。

· **诗意广州**

明嘉靖七年（1528），王守仁抱病来到增城，先祀其先庙，然后拜访湛若水甘泉居，留下生平最后两首诗。

中国古代士人论交，最要讲究的是人格。王守仁正派，所以朋友他选湛若水。甘泉居就是湛若水的故居。他又仰慕崔与之，崔与之的故居，离甘泉居不远。因此，王守仁这次来访甘泉居，大为高兴。高兴之余，还想马上搬家过来，地址他已勘好了，就在山南。想象一下，真能搬家过来，日子可真是好过极了，渴了有甘泉可饮，饿了有菊花可食。平时散步，大可看看罗浮山上的云彩。须知，无论是湛、是崔、是王，都秉承中华文化传统，是以隐逸为宗的。罗浮山正是求隐的好去处，所以住在山南，与湛、崔故居为邻就“此心聊复足”了。

这首诗充满士人的志趣。如果简单看成是表述友情，恐怕会使王守仁非常失望。

归次石门望白云山[1]

明·黄衷

惊心鬓影临春水，落耳乡音卖晚花。
断屿白沙孤艇小，远林红荔一溪斜。
早农有喜将登谷，归客无期偶及瓜[2]。
满径槐风披景草，白云山下即吾家。

（《岭海名胜记校注》卷四）

注释

1. 次：到。石门：指石门山，在广州西北，古为入粤必经之道，因两山夹江对峙如门，故名。2. 及瓜：指任职期满。

作者介绍

黄衷，生卒年不详，字子和，号铁桥病叟，广东南海（今广州）人。官至兵部右侍郎。辞官后，回到广州，在西关带河基内筑晚景园居住。创办矩洲书院，教导生徒，潜心著述。有《矩洲集》《海语》等。《海语》为广东历史上第一部海外风物志。

· **诗意广州**

黄衷是地道的广州人。广州人读到他的诗都会有种亲切感。他辞官回家，天晚了，在石门住下。思家心切，不免眺望他的家园。然而看不见，只看见白云山。于是感慨起来写下这首诗。

“惊心鬓影临春水，落耳乡音卖晚花”，白鬓而对着具有无限青春活力的春水，伤感自己老了。何况，耳边一片卖花声，那是久违了的乡音啊！

看吧，近处是荒僻的野外，自己的孤舟所处。不过，远处却是一溪荔林，红艳艳的。远比近好，为什么？因为家在远处啊。

转个角度再说，“早农有喜将登谷，归客无期偶及瓜”，现在是早稻丰收在望，而自己竟能幸运辞归，真是好事连连。

不过，他最想的是家：“满径槐风披景草，白云山下即吾家。”白云山下，槐径底的草随风飘拂，在等着我回去哩。

粤台怀古四首分韵得幽字[1]（其一）——明·黄佐

胜地经秦汉，高台近斗牛。
片云浮郁水[2]，孤月满灵洲[3]。
事往市朝变[4]，秋来林壑幽。
霸图何足问，吾得采真游[5]。

（《泰泉集》卷六）

注释

1. 分韵：指作诗时按照先规定若干字为韵，各人分拈韵字，依韵作诗，也称“赋韵”。2. 郁水：此处指珠江，今西江从南宁至桂平仍称郁江。3. 灵洲：即灵州山，又名小金山，在今广东佛山南海官窑附近。4. 市朝：朝野。5. 采真：指顺乎天性，放任自然。

作者介绍

黄佐（1490—1566），字才伯，号泰泉，广东香山（今广东中山）人。出生于广州城承宣里（今广州北京路北段）。累官督广西学校。多次弃官归养。后与大学士夏言议论河套事，意见不合，受牵连罢官。从此绝意仕途，在广州城内定居，著书立说，广收门徒，改白云山景泰寺为泰泉书院，世称“泰泉先生”。黄佐弟子中，梁有誉、欧大任、黎民表诗名最著。黄佐在地方文献方面的贡献尤为卓著，撰有《广州人物传》《广州府志》等。黄佐是一代诗宗，被后人尊为“吾粤之昌黎”，有《泰泉集》。

· 诗意广州

黄佐生活在明朝比较安定的年代，一群人登上粤台分韵写诗，其实没有什么特别之处。这首诗值得欣赏和学习的，是诗法明晰和用词得当。

在粤台怀古，按一般结构，首联就得点题。粤台属于“胜地”，又是古建筑，其特点是高。黄佐都介绍清楚了，而且灵活地用“经秦汉”“近斗牛”来描述它的古和高，比较形象。

颔联是“承”。承接描述台之高。因为高，所以看得远，看到郁水和灵洲，即珠江和江上的岛屿。这地方从前曾是有历史故事的，但现在只见片云孤月了。

云和月千年如故，只人事不同，于是感慨到“事往市朝变”，市朝和云月就是有区别，现在和古代相比，已经变得面目全非了。不但事变，天时也变。秋天来了，山林丘壑都变得清幽，和古代的喧嚣热闹也不可同日而语。这颈联是“转”。

尾联要“合”。作者必须考虑上文所写到的内容，而加以概括和发挥。这高台是粤台，粤割据广州，本来是有“霸图”的，但现在都已沉沦了。而既然身处“胜地”，那就不要问霸图了，在此地作“采真游”吧！“采真游”，是毫无功利想法的游。采真，和上文的片云、孤月、灵洲、林壑，都很合拍。这样“合”，就合得中规中矩了。

登白云第一峰

明·王渐逵

石巘崚嶒倚碧虚[1]，凭高一望意踟蹰[2]。
海涛东合地维缺，山势北来天柱孤。
落日空台闲伯业[3]，断崖荒草暗王图[4]。
兴亡今古非吾事，惟爱春风长绿蒲。

（《青萝文集》）

注释

1. 石巘（yǎn）：山峰。崚（léng）嶒（céng）：形容山高。2. 踟（chí）蹰（chú）：徘徊，犹豫。3. 空台：指越王台。作者自注："越王台在越秀峰下。"4. 断崖：指崖山。作者自注："崖山在大海中。"

作者介绍

王渐逵（1498—1559），字用仪，号青萝子，又号大隐山人，番禺（今广州）人。明正德十四年（1519）授刑部主事。正德末年，回故里任广州镇海书院山长，潜心理学。王渐逵无心仕途，返乡后筑室于青萝山下，亲自躬耕，树果蔬以自给。著有《观水记》《青萝文集》等。

· **诗意广州**

登高写诗，诗人往往带着自己的固有情绪。王渐逵不喜做官，秉承陈白沙的心学，讲求自然，所以他这首登临的诗是别具一格的。

“石巘崚嶒倚碧虚，凭高一望意踟蹰”，登高一望，内心很不平静。

“海涛东合地维缺，山势北来天柱孤”，地有四维，偏偏东边是海，感觉上就“缺”了；北方有山，势如天柱，但感觉上又是“孤”单的。这“缺”和“孤”，是他情绪的流露，是上文说他“不平静”的内涵。

“落日空台闲伯业，断崖荒草暗王图”，更有令心情不平静的，是所谓“伯（霸）业”与“王图”，即“称王称霸”问题。“称王称霸”会得到怎样的结果呢？看看“落日空台”“断崖荒草”就清楚了！

“兴亡今古非吾事，惟爱春风长绿蒲”，今古兴亡，谁能左右？“吾”断非其人，所以还是看看菖蒲怎样在春风里成长为好。

五十六个字，把王氏的学识、观念传达得跃然纸上。

粤台山怀古（其二）

明·黎民表

京台聊暇日[1]，四望柳条春。
象郡元吞楚[2]，龙川自隔秦[3]。
英雄无窟宅，战伐有埃尘。
汉文宽大诏[4]，犹自感遗民。

（《瑶石山人稿》卷五十五）

注释

1. 京台：指粤台，即越王台。2. 象郡：秦始皇时置郡，治所在临尘(今广西崇左县境)。楚：湖南、广东、广西一带古为楚地。秦灭，赵佗击并桂林、象郡，自立为南越武王。3. 龙川：县名，在广东东北部，东江上游。秦时赵佗曾任南海龙川县令。4. 宽大诏：汉文帝即位后，命陆贾出使南越，赐书赵佗。赵佗大受感动，自愿称臣朝汉。

作者介绍

黎民表（1515—1581），字惟敬，号瑶石山人，广东从化韶峒（今广州）人。明朝诗画家，师从文徵明、黄佐等。与欧大任、梁有誉、李时行、吴旦合称“南园后五子”。官至河南布政参议。明万历七年（1579）上书请辞，遂南归广州，于越秀山麓修建书舍，读书著述终老。著有《瑶石山人稿》《北游稿》等。

从这首怀古诗看，黎民表是很有史识的。他通过登台怀古的诗句，表述了自己对南越那段历史的见解。

首联“京台聊暇日，四望柳条春”，交代登台是在春日。这两句无关大体。

颔联“象郡元吞楚，龙川自隔秦”，对岭南地域的阔大和险阻，有个概括的描述。

颈联“英雄无窟宅，战伐有埃尘”，婉转地表达了秦末赵佗的故事：赵佗不愧是“英雄”，在中原“战伐”的尘埃里遁逃出来，即使没有“窟宅”，也不掺和，索性自己称王。

因为秦之“无道”，人所共见，其灭亡是无法阻止的。赵佗利用岭南的偏僻拥兵自立，完全可以理解。他的做法，起码保障了岭南百姓的安定日子，与中原的战乱形成对照。

而与赵佗同样对历史有贡献的，应该说是汉文帝了。他一改吕后残酷镇压的手段，代以怀柔，派陆贾带来安抚的亲笔信，使赵佗心悦诚服地归顺汉廷，不动干戈，同样保障了岭南人民的安定日子。黎民表评价“汉文宽大诏，犹自感遗民”很符合实际。

镇海楼同惟敬作[1]

明·欧大任

一望河山感慨中，苍苍平楚入长空。
石门北去通秦塞，肄水南来绕汉宫[2]。
虚槛松声沉暝壑，极天秋色送征鸿。
朔南尽是尧封地[3]，愁听樵苏说霸功。

（《思玄堂集》卷六）

注释

1. 惟敬：黎民表，字惟敬，广东从化人。“南园后五子”之一。2. 肄水：溱水别称，为武水的上源，武水与浈水汇成北江。3. 朔：北方。

作者介绍

欧大任（1516—1595），字桢伯，号仑山，广东顺德陈村（今广东佛山顺德）人。师从泰泉先生黄佐，与李先芳、俞允文、卢柟、吴维岳被称为“广五子”。历任大理寺左评事、南京工部屯田司主事等职。明万历十二年（1584），告老乞休，归乡建清朗阁藏书，从此著书立说终老。著有《百越先贤志》《广陵十先生传》等。其诗文有后人汇编为《欧虞部诗文全集》行世。

欧大任是明朝中叶的诗人。那时社会比较安定，所以诗人也没有沉重的感慨。这一首也只是泛泛地感慨，要吸取南越国和南汉国的教训，不能割据而已。

“一望河山感慨中，苍苍平楚入长空”，从诗法来说，欧大任的作品几乎是无懈可击的。上镇海楼，是为了“望”，所望是“河山”；这河山阔大，平展连天，视野广阔，故而一望则必生“感慨”。

“石门北去通秦塞，肄水南来绕汉宫”，从地理上说了这地方的特点，却不离所要“感慨”的内容：广州和内陆地区是紧密相连的。

南越国或南汉国时，这里很繁华热闹。但现在却只是“虚槛松声沉暝壑，极天秋色送征鸿”，几乎是声沉影寂了。

为什么呢？就因为“朔南尽是尧封地”，虽是遥远的南方，也属中国版图，割据的繁华经不住时光的洗刷。尽管几个无知的打柴人把割据说得眉飞色舞，我是“愁听樵苏说霸功”的。割据绝不是好东西，我听了就发愁！

越江曲[1]（其二）——明·梁有誉

柳丝长系木兰船，别浦风光莫浪传[2]。
贴水新荷空荡漾，露珠终日不成圆。

（《兰汀存稿》卷六）

注释

1. 越江曲：相当于珠江竹枝词。越江，这里指粤江，即珠江。2. 别浦：河流入海处称为浦，或称别浦。

作者介绍

梁有誉（1519—1554），字公实，号兰汀，顺德（今广东佛山顺德）人。"南园后五子"之一。明嘉靖三十三年（1554）春，梁有誉同黎民表、陈公载、梁孜等登顶广州白云山，留有诸多佳作。同年十一月，得寒病而卒，年仅三十六岁。有《比部集》存世。

越江曲也是民歌。梁有誉模拟民歌，写得也有风味。

“柳丝长系木兰船”，船系岸柳，是常见之景。而把船称作“木兰船”，是故意抬举那只船。为什么抬举？当然因为偏爱。

第一句隐约露出快意。第二句接着讲句过誉的话：这里的风光千万别说给别人听！为什么？不也是因为好到不得了吗！

举个例子来说吧。“贴水新荷空荡漾，露珠终日不成圆”，水面有的是嫩嫩的荷花，好风吹着，摇来晃去，把叶上的露珠都晃得不成样子了。

广州人还有句民歌唱道：“风吹竹叶好过吹箫。”把荷花露水拿来盛赞，不也是同样的风趣吗？

广城二首[1]（其一）

明·汤显祖

临江喧万井[2]，立地涌千艘。
气脉雄如此[3]，由来是广州。

（《汤显祖诗文集》卷十一）

注释

1. 广城：即广州城。2. 万井：万家。3. 气脉：地气，地脉。

作者介绍

汤显祖（1550—1616），字义仍，号若士、海若、清远道人，晚年号茧翁，临川（今江西抚州）人。明万历十九年（1591）因弹劾朝官降职，出任广东徐闻典史。后改任浙江遂昌知县，又因不附权贵免官。创作的传奇有《紫箫记》《紫钗记》《还魂记》《南柯记》《邯郸记》五种，后四种合称“临川四梦”，其中《还魂记》（《牡丹亭》）最为著名。著有《玉茗堂文集》《红泉逸草》等。

- **诗意广州**

汤显祖生活的年代，明王朝已在走下坡路。汤显祖因言被贬，经过广州，特别有感慨。须知，当时王室死气沉沉，而广州则一派兴盛繁华的景象。两相对照，汤显祖是个有心人，怎能不想到国运的兴衰呢？

在汤显祖眼里，广州比任何其他地方都“雄”。这“雄”绝不是泡沫，是“气脉”的雄，有根有柢。而且有历史：“由来”如此！这感觉太好了，他不想再用象征之类的手法来表现，于是直接写出“气脉雄如此，由来是广州”这两句。

为了衬出广州之“雄”，第一句“临江喧万井”，表示的是人口众多。第二句“立地涌千艘”，表示广州是通商口岸，能呼吸到外来的新鲜空气，这是广州独特的优势所在。

欲将

明·陈子壮

海国春无旱[1]，连春旱不任。
举天云汉咏[2]，匝地桔槔心[3]。
繁露皆儿戏[4]，重溟有盗侵[5]。
欲将双泪眼，洒作一朝霖。

（《全粤诗》卷五百八十五）

注释

1. 海国：指广东沿海地区。2. 云汉：指《诗·大雅·云汉》，为周宣王忧旱祈雨之诗。3. 匝地：绕地，遍地。桔槔（gāo）：亦作“桔皋”，井上汲水的工具。4. 繁露：指汉董仲舒《春秋繁露》，其中有《求雨》《止雨》两篇。5. 重溟：此处指南海。

作者介绍

陈子壮（1596—1647），字集生，号秋涛，广州府南海县沙贝乡（今广州）人。明崇祯十年（1637），与其弟陈子升等十二人在广州重修南园诗社，世称“南园十二子”。崇祯十六年（1643），广州陷荒灾，民不聊生。陈子壮施粥救灾，救济数千人。崇祯十七年（1644），明朝灭亡。后清兵入粤，广州沦陷，陈子壮联合陈邦彦、张家玉等率兵抗清，兵败被俘，不屈而死。后称陈子壮、陈邦彦、张家玉为“岭南三忠”。著有《经济言》《陈文忠子壮集》等。

· **诗意广州**

崇祯初年，诗人夺职后赋闲在家。其时粤中春旱，连年饥荒，加上海盗入侵，民不聊生。诗人目睹时艰，怀着沉痛的心情写下此诗。诗取第七句首二字为题。

陈子壮是位爱国英雄，而爱国实际是爱人民。在人民经历春旱而又遇海盗劫掠，官府却无能为力时，其心情之痛苦可想而知。这首《欲将》，连题目也没想好，可见作者当时情绪之激烈。

“海国春无旱，连春旱不任”，本来这里一直没有旱情，但近年却年年有，真真罕见。

“举天云汉咏，匝地桔槔心”，官府不断祈雨，百姓不歇抗旱。那时除了求雨、汲水，没有其他的要务。

但是，“繁露皆儿戏”，求雨没有效果。官府是靠不住的，尽管装模作样求雨，其实都在演戏。这还不算，“重溟有盗侵”，海盗又常来侵扰，老百姓之苦，可谓雪上加霜。

而作者呢，假如他还在朝，有权力在手，会这样无所作为吗？然而他只是个被朝廷逐出来的人，毫无能力。“欲将双泪眼，洒作一朝霖。”他多么希望自己的眼泪可以化作甘霖，以济百姓之困啊！

狱中步文丞相韵

明·陈邦彦

生涯少壮但传经，通籍才周两岁星[1]。
乡国愁看成陨箨[2]，室家宁计问飘萍。
万言旧疏还谁乙[3]，五木严刑拚备丁[4]。
泉路若逢文信国[5]，不知双眼可谁青。

（《广东文物》卷七）

注释

1. 通籍：指初作官。意谓朝中已有了名籍。陈邦彦不惑之年仍为诸生，明隆武元年（1645）才被授官，距此时约两年。2. 陨箨（tuò）：剥落笋壳。比喻衰败之势。3. 万言旧疏：指陈邦彦曾向弘光帝进程《上圣安皇帝疏》及随疏附上的《中兴政要书》，约一万七千言。乙：古时校勘时遇到错位的字词，常用“乙”字标注。4. 五木：指古代束身的刑具。5. 文信国：即文天祥。宋理宗朝封信国公。

作者介绍

陈邦彦（1603—1647），字令斌，号岩野，顺德（今广东佛山顺德）人。出身书香门第，博学多才。明隆武元年（1645），大学士苏观生荐之，授监纪推官。次年，擢升兵部职方司主事。不久，赣州、福建汀州、上杭相继失守，陈邦彦随苏观生一同南撤。后桂王监国梧州，邦彦自请劝进。桂王即位于肇庆，授兵科给事中。永历元年（1647），清兵西逼永历帝，陈邦彦与陈子壮密约，合攻广州，战败，退走清远。陈邦彦从清远被押到广州后，清将劝降，不屈殉节。后世称其为“岭南三忠”之首。著有《雪声堂集》十卷。

· **诗意广州**

明永历元年（即清顺治四年，1647）农历七月，陈邦彦率兵进攻广州清军，不利，退守清远。八月，兵败被俘，押到广州。他拒绝了广州总督佟养甲劝降，在狱中步文天祥《过零丁洋》韵写成此诗以明坚贞不屈之志。

陈邦彦与文天祥遭遇近似，都在敌方劝降不得时写下绝命诗。文诗在前，陈诗在后，可说陈对文是亦步亦趋。此诗虽然比不上文诗有名，但也同文诗一样表现出作者的一片忠肝赤胆。

“生涯少壮但传经，通籍才周两岁星”，叙说自己从前的经历：本只办学传经，做官才两年。

“乡国愁看成陨箨，室家宁计问飘萍”，看着国势衰颓发愁，甘愿倾家为国、人海飘零。

“万言旧疏还谁乙，五木严刑拚备丁”，也曾上书朝廷，不过没人搭理。如今身为敌人阶下囚，受尽严刑，随时准备着一死报国。

“泉路若逢文信国，不知双眼可谁青”，作者不说“不负少年头”之类的“豪语”，只把文天祥视为同道，说是如果在黄泉路上遇着文丞相，那是青眼对青眼了。言下之意：文天祥也会瞧得起我的！而文句写得自然得体，那种心向往之的表情，我们隔着几百年也看得清楚了，还用说“豪语”吗！

人日登粤王台[1]

明·邝露

登台试人日，此日谓宜人。
日照高台色[2]，台非故苑春[3]。
青山白云路[4]，绿水流花津[5]。
醉欲呼鸾去，遥遥芳杜邻[6]。

（《感旧集》卷三）

注释

1. 人日：农历正月初七，谓“众人生日”，故称人日。古来有人日登台习俗。2. 高台：即越王台。3. 故苑：指昌华苑和芳华苑，为南汉王刘氏所筑。4. 青山白云：指广州城北白云山。5. 流花津：越秀山麓流花桥，为南汉王刘龑行宫芳春园内之桥。6. 芳杜：芬芳的杜若。杜若，香草名。

作者介绍

邝露（1604—1650），字湛若，号海雪，南海（今广州）人。出生于书香世家，自幼好读书，聪慧过人。明崇祯七年（1634）元旦，夜骑马访友，冲撞南海知县黄荣庭，被削文职，亡命广西。崇祯末年，拜为中书舍人。永历四年（1650）奉使还广州，清兵来攻，城破，抱琴投水死，被誉为“吾粤之灵均”。有《邝海雪集》《峤雅》。

· **诗意广州**

邝露生活于明末。明朝的国势衰落已不可挽回。作为爱国者的邝露，写出这首诗是有他的特殊感受的。

“登台试人日，此日谓宜人”，中间那个“试”字和“谓”字，细察就颇有用意。这天是“人日”，俗世都在庆祝。作者本无心情，但大势所趋，只好也去登台庆祝一下，“试”字正显出其神情的无聊。“谓”是人家说，究竟“宜人”不宜人，其实其本人并没有考究清楚，只是人家说这样就这样而已，也是显出其神情的无聊。

“日照高台色，台非故苑春”，写实，却把感慨往怀古方面带。

“青山白云路，绿水流花津”，仍然写实，但是特别使用美丽的字眼。请想想：青山、绿水、白云、流花，在陆路，也在渡头，美啊！写出这么美的物事，是为了再写下两句：这里本是汉人之地，是刘龚辟的“呼鸾道”。刘龚不在了，不是还有我们吗？所以，“醉欲呼鸾去，遥遥芳杜邻”。我也想仿效刘龚，像他那样在杜若簇拥中登台！——但可惜，那是很遥远的事了！

扶胥观日出歌

明·王邦畿

眼前墨漆天地开。

天地开，红日来。

扶胥客[1]，临高台。

高台俯仰一万里，朱砂弹照半天紫[2]。

紫气曈曈大海中[3]，乾坤人事尚冥蒙[4]。

吸得光华入肺腑，波间万尾金龙舞。

（《耳鸣集》）

注释

1. 扶胥客：诗人自指。2. 朱砂：朱砂颜色朱赤，这里比喻初升的太阳。3. 紫气：祥瑞的光气，指初升太阳的光辉。曈(tóng)曈：渐明貌。4. 冥蒙：幽暗不明。太阳从大海升起，但阳光还没照射到世界其他地方。

作者介绍

王邦畿（1618—1668）, 字诚籥，番禺（今广州）人。明隆武元年 (1645) 举人，绍武时荐任御史。永历帝即位于肇庆，舍家追随。后永历帝出逃，追随不及，避地顺德龙江。明亡，隐居罗浮山。以诗名，名列“岭南七子”“粤东七子”。著有《耳鸣集》。

· **诗意广州**

读这诗可以清晰地感觉到作者有种特殊的憧憬。

他身历明清之际的改朝换代，逃入空门，结交的尽是些有遗民意识的朋友。这样的“僧人”，由日出引发的情感自然就与众不同。而他的艺术表现力又颇为出众，于是这太阳就带着寓意而得到描写。

你看，本来只是个墨一般黑的世道，太阳却带来一片通红。为了迎接太阳，作者特地登上高台。在这台上看世界，万里在目，日出过程看得真切：起初只像个小小的硃砂，吐出紫光。紫光弥漫在大海上，从曚曚昽昽变得渐渐清晰，让人觉得世间人事也一样，从糊糊涂涂到清清楚楚。如果人能把日色光华吸入肺腑，就能看到海波里无数金龙起舞了。

这想象非常奇特，而其中寓意则颇为隐晦。他虽是僧人，却关心“人事”，这是明末遗民身上普遍存在的“僧服儒心”的现象。

清

广州竹枝词（其四）

清·屈大均

洋船争出是官商[1]，十字门开向二洋[2]。
五丝八丝广缎好，银钱堆满十三行[3]。

（《翁山诗外》卷十四）

注释

1. 洋船：从事外洋贸易的商船。官商：当时从事外洋贸易的商人，必须向户部领取官帖才能营业，故称官商。2. 十字门开：指开放海禁，允许商船出海贸易。二洋：东洋、西洋。明张燮《东西洋考》卷五："文莱，即婆罗国，东洋尽处，西洋所自起也。"即以婆罗洲为界，以东为东洋，以西为西洋。3. 十三行：清初政府特许经营对外贸易的广州十三家商行，设于广州西关珠江北岸一带。后来，不限于十三家，但习惯上仍称十三行。

作者介绍

屈大均（1630—1696），字介子、翁山，僧名今种，广东番禺（今广州）人。少有诗名，清兵入粤时，参加反清斗争，始终拒绝入仕清廷。明永历四年（1650），清兵攻陷广州，在番禺海云寺削发为僧。永历六年（1652），北上云游，以谋复明。清康熙二十二年（1683），郑成功之孙郑克塽降清，屈大均由南京携家归番禺，终不复出。与陈恭尹、梁佩兰并称"岭南三大家"。有《广东新语》《翁山诗外》等。

竹枝词本来是民歌，歌唱的内容是当地的景物，屈大均这首《广州竹枝词》，写的就是广州的景物。不过，屈大均是个文化人，他的着眼点当然和“柳叶穿鱼姑嫂卖”不同，是比较宏大的。那年，海禁初开，他在广州刚好看到当时千帆竞发的景象，立即以竹枝词的形式记录下来。

屈大均比较关注世事，他知道“洋船”的主人是“官商”，用一个“争”字，写出那些船只为求财而拼搏的情景。第二句承接着讲，这些船只要经过澳门水道而通向东洋、西洋，即走向全世界。船里装什么货物？是最好的丝绸！这真是当年广州出口的一大特点：货物都是能赚大钱的东西！把赚大钱和拼搏联系起来，就得出末句：“银钱堆满十三行。”原来，那些“洋船”“官商”都是“十三行”的手下！那时，十三行也才成立不久，而整个商业结构却都在屈大均的眼里了！

竹枝词一般都不作判断，屈大均借用竹枝词，也遵守了这个规则。但他用一个“堆”字，既显其多，也多少透露一点鄙夷之感。

白鹅潭眺望[1]（其二）

清·屈大均

暮天风雨白鹅浮，险绝三江此倒流[2]。
珠海月开龙女市[3]，玉山霞起蜃王楼[4]。
人烟掩映桄榔屿，渔火虚无茉莉洲。
几欲飘洋过日本，白艚东作百蛮游[5]。

（《翁山诗外》卷十七）

注释

1. 白鹅潭：在广州城西南珠江中。《广东新语》卷四："珠江上流二里，有白鹅潭，水大而深。"2. 三江：指广东境内的西江、北江、东江，均从白鹅潭下游的珠江口入海。三江水大时，向白鹅潭倒灌，白鹅潭的水势更加汹涌澎湃。3. 龙女市：一说龙宫，一说海市。4. 玉山：指越秀山。《番禺县志》载，山上旧有玉山楼，明洪武初年都指挥使花英所建。蜃王楼：蜃楼。5. 百蛮：古代南方少数民族的总称。这里指东洋各国。

白鹅潭，在屈大均生活的年代，是又险又怪的。传说中，“每大风雨，有白鹅浮出，则舟楫坏”。那白鹅就是个怪物。一提起白鹅潭，屈大均就记起“暮天风雨白鹅浮”了。至于白鹅潭之险，你看，即使这里是三江汇合处，潮汐一来，水也倒流。

正因为白鹅潭险怪，所以作者的“眺望”也不禁想象翩然，先是把珠海云山和海市蜃楼联系起来：“珠海月开龙女市，玉山霞起蜃王楼。”龙女市、蜃王楼，都是虚有的。如果下文还是沿此虚下去，那就太单调，不合诗法了。所以，其后便是“人烟掩映桄榔屿，渔火虚无茉莉洲”，来两句写实的，让广州的人烟、渔火、桄榔屿、茉莉洲呈现在读者眼前。

眺望往往意犹未尽，而白鹅潭的险怪，又很容易发酵出不平常的想法来。作者此时忽然想起东莞李竹隐先生的东渡来：“几欲飘洋过日本，白艚东作百蛮游。”他羡慕李先生在日本教化民众的事迹，于是遐想联翩。

荔枝（其二）

清·屈大均

蝉声催尽熟[1]，黑叶影离离[2]。
买恨穿钱少[3]，餐嫌辟谷迟[4]。
美先留小核，寒更浴香肌。
挂绿无多子[5]，盘中但水枝[6]。

（《翁山诗外》卷七十五）

注释

1. 蝉声：蝉鸣时节是农历五六月，荔枝普遍成熟。2. 黑叶：荔枝的优良品种之一，特点是枝叶呈墨绿色。3. 穿钱：即钱。古代使用铜钱常用绳子贯穿携带，故称“穿钱”。4. 辟谷：道教一种养生方式，即不吃五谷杂粮，或在一定时间内断食。5. 挂绿：广东荔枝最名贵的品种之一，产于增城。挂绿难以繁殖，产量极低，过去一直是贡品。6. 水枝：荔枝有所谓山枝、水枝之分，产在山坡间为山枝，产在水边为水枝。清范端昂《粤中见闻》：“山枝熟稍迟，多无核，美于水枝。”

· **诗意广州**

荔枝是广东名产，屈大均既好吃荔枝，又对荔枝生长的季节、品种的差异、处理的方式等知识都很了解。他的诗句如话家常，读起来非常亲切。

“蝉声催尽熟，黑叶影离离”，荔枝转熟，要经过一段时间。三月扬花，五月开始有果，最先成熟的荔枝品种就是黑叶。这段时光，蝉声正好伴随着，也是越来越聒噪。屈大均用个“催”字巧妙地把两者联结起来，表达得十分新颖。而用“影离离”描述黑叶荔枝的密度，也很准确。

广东人喜欢“饮头啖汤”，刚上市的黑叶很受追捧，所以作者说：“买恨穿钱少，餐嫌辟谷迟。”只嫌自己钱少，买得不多；又怨自己不会预先空肚子，吃也不能多吃。

颈联转个角度，以一个内行人的身份讲述荔枝要如何处理：“美先留小核，寒更浴香肌。”先要识别小核的优良品种，留存起来，还要放到井里浸泡一夜，这样第二天吃时口感才可以更好。

只是屈大均和大多数广东人一样，都未吃过“增城挂绿”。须知，那是荔枝品种的最佳者，产量极少。屈大均尾联写“挂绿无多子，盘中但水枝”，是说想有挂绿而不得，他的果盘里只有一般的品种。他很遗憾，读者知情，也一定很遗憾。

珠江春泛作

清·屈大均

珠水烟波接海长，春潮微带落霞光。
黄鱼日作三江雨[1]，白鹭天留一片霜。
洲爱琵琶风外语[2]，沙怜茉莉月中香[3]。
斑枝况复红无数[4]，一棹依依此夕阳。

（《翁山诗外》卷十七）

注释

1. 三江：即珠江。珠江是西江、北江、东江的总称。2. 琵琶：琵琶洲，广州东南珠江中一河洲，四面环水，形似琵琶而得名。屈大均自注："琵琶洲在珠江之东。"3. 茉莉：茉莉沙，即岳利沙。粤俗语贵吉祥，嫌"茉莉"近于"没利"，故改称"岳利"。屈大均自注："茉莉沙在珠江之西。"4.斑枝：木棉之一种。又名攀枝花、英雄树。树身高大，花朵鲜红。

· 诗意广州

广州，是屈大均老家所在。珠江，屈大均也最熟悉不过。写首诗歌颂家乡，自然得很。但是，歌颂要有真感情。有些作者，为了歌颂，不惜在作品里尽说套话、大话，那是要不得的。屈大均写此诗时，他的抗清生涯已经结束，正准备作“寓公”（退隐者）。当时他的心境如何，是“有诗为证”的。

“珠水烟波接海长，春潮微带落霞光”，这点题的首联，情绪就明显低落。“微带”，落霞那点亮色，在江水中并不抢眼。这样掌握分寸，当然是和他的心境相关的。

心境如何，在颔联也有表现：黄鱼“作雨”，白鹭“留霜”，阴冷，远不是热烈。

颈联，词序颇为特别，这是有特别意思的。杜甫《游何将军山林》用“银甲弹筝用，金鱼换酒来”写他无聊的样子：眼光散乱，随机看到银甲、金鱼，才猛然想起它们的用途。屈大均把“洲”“沙”两字移前，也有无聊的意味。屈大均游珠江是在清朝政权已经稳定的时候。作为一心想着反清复明的志士，他哪里有好心情去领略珠江美景呢？只是现在要写诗，不得不从诗法着眼。前面写视觉，这里就写听觉、嗅觉，紧扣“珠江春泛”的题。

至于尾联，色彩突然浓丽起来，读者从文字就可以感觉到一大片鲜红的颜色，和前头的色调明显相反。为什么？这也是他的心境的表现：他何尝是个会长久消沉的人？这首诗抒情的重点在尾联。

渔者歌（选二）

清·屈大均

其一

取鱼大滥二滥，捕蟹三沙四沙。[1]

潮落不归村舍，月明同宿芦花。

其二

船公上樯望鱼[2]，船姥下水牵网。

满篮白饭黄花[3]，换酒洲边相饷[4]。

（《翁山诗外》卷十五）

注释

1. 大滥、二滥、三沙、四沙：均是地名，在屈大均故居番禺茭塘都附近。2. 望鱼：判断鱼群的游向。3. 白饭黄花：屈大均自注，“皆鱼名”。4. 相饷：以酒食相款待。

渔村自有其诗意的生活场景。屈大均看到了，也写出了。

第一首第一、二句，除了点出地名，也交代了打鱼捕蟹，读者读到，于是形成了一种感觉：这里到处都在打鱼捕蟹。人人如是。

打鱼捕蟹的生活是苦是乐？屈大均说，晚上，人们为了等潮起，家也不回了，“月明同宿芦花”，很有诗意吧！

第二首写一艇家，夫妻合作相当默契。他们打鱼丰收，不写，读者也可推知。船家生活也喜欢“喝两杯”，酒从何来？打了鱼，就用鱼去换！白饭鱼、黄花鱼，都是寻常百姓喜爱的菜式。不愁卖，“满篮”地换酒，那酒也不会少！

屈大均赞美渔家，只用形象，没有“好”字，而好生活已经显然了。

九日登镇海楼[1]

清·陈恭尹

清尊须醉曲栏前[2]，飞阁临秋一浩然[3]。
五岭北来峰在地[4]，九州南尽水浮天[5]。
将开菊蕊黄如酒，欲到松风响似泉[6]。
白首重阳唯有笑，未堪怀古问山川。

（《独漉堂集》卷五）

注释

1. 九日：指农历九月九日，即“重九”或“重阳”，古来有登高、饮酒、赏菊的习俗。2. 清尊：盛满美酒的酒杯。尊，同“樽”，古代盛酒的器具。3. 飞阁：建有飞檐的楼阁，此处指镇海楼。4. 五岭北来峰在地：此句写登楼北望，五岭逶迤而来，最后的山峰屹立在平原上。5. 九州：古籍所记载的夏、商、周时代的地域划分，后以九州代称中国大陆。此句写登楼南望，九州大陆延展到尽头，是一望无际的大海。6. 松风：吹拂松林的风。

作者介绍

陈恭尹（1631—1700），字元孝，号半峰，晚号独漉子，顺德（今广东佛山顺德）人，明末抗清烈士陈邦彦之子。明永历三年（1649），世袭锦衣卫指挥佥事。其父被清兵俘获处死之后，至增城避难。后多年奔走，进行反清复明活动。清顺治十八年（1661），闻永历帝遇害，携眷隐居于顺德羊额。康熙十七年（1678），因牵涉“三藩之乱”遭逮捕下狱，后定居于广州城南。康熙三十九年(1700)，病卒于广州。终其一生不仕清。有《独漉堂集》。

· **诗意广州**

陈恭尹作此诗时，反清复明的势头已不复存在了。他闲居在广州，重阳登上镇海楼，自有一番特殊的感慨。

首联点题，文字给读者的感觉是高华俊爽，有一股子豪气。

颔联是名句，把广州的地理位置，放大到天地之间：向北看，五岭南来，山峰崛起；向南看，九州地尽，海水接天。写得这样苍莽雄劲、音韵铿锵，反映的是他那不甘亡国的情怀。

重阳登楼，看到“菊蕊黄如酒”，听闻“松风响似泉”，是普遍的情景，但分别加上“将开”和“欲到”的字样，意味又深一层了。那是强调未然。为什么要强调未然？那是作者隐秘的心思。现实虽然残酷，而志士的心，则总存在着希望！希望在哪里？将来！

然而，毕竟要面对现实。登高必然怀古，怀古必问山川。但人老了，前尘后事，无为躯体，壮烈胸怀……说什么？怎么说？只能付诸一“笑”了。这个“笑”字，包含着多少意味！

广州客舍夜雪歌

清·陈恭尹

季冬二十日始暝[1]，玄云四塞天气凝。
小雨初从屋角来，渐觉萧萧骇群听。
开轩出立白照眼，把烛低看雪填径。
纷掳相属声更希[2]，委积争高色逾莹。
童子盛归锦袖中，主人为续清尊兴。
千卮酬酢未颜酡[3]，百巧雕镂随手应。
入馔犹疑虎作盐[4]，迎春不数银为胜[5]。
夜深气象惨更急，卧久衾裯寒不瞑[6]。
俱言黍稷兆维丰，满把琼瑶晓相赠。
从来见少怪者多，亦似西人惊海波。
岁维丙午日亦丙，支寅时戌还相加。
南州炎德济以水，此物或匪干天和。
将无治世气自北，却恐侵人鬓先白。
俟河之清尚有时，如粤之雪难再得。
如粤之雪难再得，为君作歌兴殊极，彼苍此意谁能测。

（《独漉堂集》卷二）

注释

1. 季冬：农历十二月。2. 纷掳（pī）相属：形容雪花纷披相连的样子。掳，同“披”。3. 酬（chóu）酢（zuò）：主客互相敬酒。酡（tuó）：饮酒脸红的样子。4. 虎作盐：即虎盐。这里是以盐喻雪。5. 胜：首饰。6. 衾（qīn）裯（chóu）：指被褥等卧具。

· **诗意广州**

1667年，即明亡后23年，冬，陈恭尹住在广州，刚好遇到一场大雪。广州从来不大见雪。天象的奇变，在受到天人感应思想影响的陈恭尹看来，是有点“天意”在的。

开头八句押平韵记叙过程：天黑时，乌云特别浓。开始只是小雨，渐渐听到小雨变成雪珠，声音骇人。出门一看，白得映眼，拿烛一照，雪已堆满小路。这时，雪珠又已变成雪片，轻轻飘落，不再作声。只是路上积雪愈来愈厚。陈恭尹把这过程描述得细致入微。

接着十句转仄韵，写人在下雪时的反应，许多人都说“瑞雪兆丰年”，于是捧着雪互相祝贺。这场面也写得栩栩如生。

以下六句又换平韵。写自己的一些想法。少见多怪，人之常情，可以不管。但日期也许很重要，所以特别仔细记录。然后说出自己的判断：南方属火，雪属水，水火相济，可能预兆会有相应的事发生。

会有什么事？“将无治世气自北”是句关键话。雪自北方来，清廷在北方，但在那时的情势下，他说“治世”可能要作反话看。接着的一句就是“却恐侵人鬓先白”，下个“侵”字，就隐含着对清廷统治的不满。最后拿要“等黄河变清”来作比喻，对前景分明就很不乐观了。所谓天意难测，也是委婉地表示无望的说法而已。

木棉花歌

清·陈恭尹

粤江二月三月来，千树万树朱花开[1]。

有如尧时十日出沧海[2]，又似魏宫万炬环高台[3]。

覆之如铃仰如爵[4]，赤瓣熊熊星有角。

浓须大面好英雄，壮气高冠何落落！

后出棠榴枉有名，同时桃杏惭轻薄。

祝融炎帝司南土[5]，此花无乃群芳主？

巢鸟须生丹凤雏[6]，落花拟化珊瑚树。

岁岁年年五岭间，北人无路望朱颜。

愿为飞絮衣天下，不道边风朔雪寒。

（《独漉堂集》卷三）

注释

1. 朱花：红色的花。此处指木棉花。2. 尧时十日：《淮南子·本经训》，“时十日并出，草木焦枯。尧命羿仰射十日，中其九日”。3. 魏宫万炬：晋王嘉《拾遗记》载，魏王曹丕为了迎接美人薛灵芸，未至数十里，膏烛之光，相续不灭。又筑土为台，基高三十丈，列烛于台下，远望如列星之坠地。4. 爵：古时饮酒的器皿，下有三足。5. 司南土：祝融是传说中的火神，炎帝也是以火德为王，祝融、炎帝均为南方之神。6. 巢鸟：筑巢、育雏。

· 诗意广州

木棉树，广州有很多。高大，挺拔，未叶先花，花大而红灿灿；如果丛生，花开花落，天地皆红，壮观得很，如尧时十日并出，如魏宫万炬环列。陈恭尹写的开头四句，就是这壮丽情景。

陈恭尹不是为写花而写花的。他有感慨，是借写花之名而写英雄心愿，所以接着六句，除以两句继续写木棉花的形态之外，字面上还正面突出“英雄”“壮气”，而把其他种类的名花一律比下去。

看来，作者是越写越兴奋，首先说这南方是祝融炎帝管辖的，这木棉花应该是群芳之主。这里已经暗藏着一种“天意”和“大志”了。然后又说，在树上筑巢的是名贵的丹凤，它的落花也会变成宝贵的珊瑚树。这显然是拿木棉树隐喻一个非凡人物。

最后一韵，前两句表面是说木棉为岭南特有。而那“北人”则又有点暗藏的意味：他们不熟悉、因而不理解“南人”。“南人”的英雄是有大志的：“愿为飞絮衣天下”，南人是祝融的人，是想着做天下的“群芳主”的！——不过，现在可不是时候，君不见，“边风朔雪寒”啊！

在清朝高压下，全诗写得半吞半吐，却在雄豪之中显出几分柔婉，真好诗也！

春日王也夔招游蒲涧即事作[1]

清·陈恭尹

何处春郊布绮筵[2]，菖蒲涧口接濂泉。
竹分山色为门径，石咽溪声似管弦。
野寺苍凉怀古地，东风晴暖试花天。
闲来偶共山僧笑，不醉溪桥又五年。

（《独漉堂集》卷五）

注释

1. 王也夔：王圣隆，字也夔，番禺人。2. 筵：古人席地而坐时铺的席。

· **诗意广州**

诗是精神世界的展现。人的精神世界是丰满的。志士的精神也多样。所以，即使是陈恭尹这样的知名志士，也有纯粹的交际诗。只要他写得真切新颖，也不妨读读。

蒲涧濂泉，是广州名胜，作者故意用设问句开头，是表现一种惊喜：哪里？是蒲涧濂泉！竟然是它！

中间两联，是这个胜地的“特写镜头”，有竹有石，有寺有花，不过，写得比较一般化。中规中矩而已。

写得比较出彩的是尾联，“闲来偶共山僧笑，不醉溪桥又五年”，突出一个“闲”字，是整首诗乃至整个精神世界特征的表现。“闲”到什么地步？“共山僧笑”。蒲涧濂泉这里的山僧最闲，最不问世事。和山僧谈笑，不是闲是什么？再加个“偶”字，表示并非刻意，只是闲态。至于谈笑的内容，就是“不醉溪桥又五年”，怀念的只是喝酒，记住的只是时间——清清楚楚是“五年”。这样写“闲”，就写出新意来了。

刘仰山招同吴玉涛梁药亭家宕侯雨中泛舟半塘迟沈虹石不至同用八庚[1]（其二）

清·陈恭尹

曲港乘潮入[2]，轻舟与岸平。
村童惊客语，江鹤避棋声。
柳浪家家似，荷珠叶叶并。
所思期不至[3]，八咏且同赓[4]。

（《独漉堂集》卷八）

注释

1.题解：刘仰山邀陈恭尹及吴玉涛等人郊游，在半塘雨中泛舟，沈虹石没来，大家同用庚韵赋诗。半塘：现作泮塘，在广州城西荔枝湾附近，曾是唐朝郑公堤、南汉华林园所在。当地人所种植的慈姑、菱角、莲藕、茭笋、马蹄，被誉为"泮塘五秀"。刘仰山：名世重，香山（今广东中山）人，清举人。梁药亭：即梁佩兰，广东南海（今广州）人，字芝五，号药亭，"岭南三大家"之一。吴玉涛、家宕侯、沈虹石，均是邀游的友人，名籍不详。八庚：庚韵，在诗韵中排列第八，称八庚。2.曲港：曲折的河涌。3.所思：所思念的人，指沈虹石。4.八咏：南朝梁沈约曾作《八咏》诗，这里泛指赋诗。

·　**诗意广州**

泮塘带着广州的地理特点：近海，潮水一天涨落两回。潮大时，水势颇惊人；退潮后，则可能连小艇也要搁浅。所以，“曲港乘潮入，轻舟与岸平”，着实写出了广州泮塘当时的独特情景。

颔联，村童闻客语而“惊”，江鹤闻棋声而“避”，都说明那时此地一向来人不多。他们算是尝鲜了。

颈联写此地的特色：上面柳叶遮天，下面荷叶铺水，特别清幽。

尾联先应题中的“沈虹石不至”，要怀他。次应“用八庚”，大家吟诗。

这诗写得全情投入，且较新颖，又有点历史掌故的意义：今天的泮塘和那时的情景是很不同的了。

铙歌[1]（选三）

清·陈恭尹

汉以《铙歌》为军之乐，而其谱不传。唐人边塞诸曲皆以截句为之，被诸弦歌，可按而谱也。两粤于今为雄边，赖天子深仁，幕府威略，境内宁谧，年丰时和。四民日在光天化日之中，颂声载道，而不能自通其意于音律，故拟为《铙歌》以述之。见闻寡眇，挂漏既多，化机潜运，管窥莫及。然欲传信将来，不敢为溢美，据事纪实，举百姓所欲言而已。昔王褒为蜀人作《中和》《乐职》之诗以宣布汉德，某才愧昔人而心有同然，辄不自讳，以备輶轩之采云尔。凡十八首。

其七

粤海关开海舶过[2]，渔人生计只渔蓑。
从今不用愁饥馁[3]，鱼课承恩减已多[4]。

其九

海不扬波万国通[5]，三吴闽浙各乘风。
盛时不贵珍奇物，彝舶无多到粤中[6]。

其十

碧眼番彝剑在襟[7]，百年贡市海门深。

逢人不作中华拜，脱帽为恭自掩心。

（《独漉堂集》卷十）

注释

1. 铙歌：古代乐府鼓吹曲的一种体裁。汉时，《铙歌》是军之乐，后文人仿作，多用以歌颂统治者的功德。陈恭尹作《铙歌》，希望“据事纪实，举百姓所欲言”，一共十八首。2. 粤海关：始创于清康熙二十三年（1684），诏设于广州。次年，正式开关，为四榷关之首。海舶中珍奇之品，例由粤海关选择进贡。3. 饥馁：饥饿。4. 鱼课：鱼税。5. 海不扬波：本意是大海没有巨浪，比喻天下太平。康熙二十二年(1683)，清朝收复台湾，开放海禁。6. 彝舶：夷船，外国人通商的船只。彝，同“夷”。7. 番彝：西方人。

·　诗意广州

陈恭尹这几首诗，颇有些颂扬的口吻。

其七记录开海禁后渔税得以减轻的事。粤海关有外来船舶纳税，税款肯定可观，渔税因此变得微不足道，可以大为减少。

其九记录中国那时开了四个口岸，除广州外还有“三吴闽浙”。外国船舶被这三个口岸吸引去了一部分，但“珍奇物”是例经广州海关进贡的，所以那些装载珍奇物的番船，就不得不到广州来。

其十是专门描述外国人的。在国门初开的年代，国人和外国人交往不多。人们和外国人接触会觉得有很多“异相”：他们的眼睛是碧绿的，佩剑的位置也和中国人不同。他们从海上来，历来都只为经商。而他们的礼节也很特别：脱帽，以手掩心，以表恭敬。

这类诗有历史价值，即如末一首，其实也记录着当时人们的心理感受。

粤曲[1]

清·梁佩兰

其一

春风试上粤王台，锦绣山河四面开。
今古兴亡犹在眼，大江潮去复潮来。

其二

琵琶洲头洲水清，琵琶洲尾洲水平。
一声欸乃一声桨[2]，共唱渔歌对月明。

（《六莹堂集》卷九）

注释

1. 粤曲：也作粤歌，指岭南两广地区的民歌及模拟民歌之作，形式以七言四句为主，内容一般是歌咏粤地风情之曲。2. 欸（ǎi）乃：划船时摇橹的声音。

作者介绍

梁佩兰（1629—1705），字芝五，号药亭，又号二楞居士、柴翁，晚号郁洲，友人私谥文介先生。广东南海（今广州）人，世居广州城西梁巷。清康熙二十七年（1688）中进士，授翰林院庶吉士。未一年，乞假归粤，隐居于广州丛桂坊（今广州市荔湾区丛桂路附近），结诗社。“岭南三大家”之一。有《六莹堂集》。

· **诗意广州**

梁佩兰这两首《粤曲》，是“效民歌体”。文人用自以为属于民歌的语言，去写当地的风光景物，而实际上写出的，仍然是作为文人的自我感受。

其一所写，便是四民（士农工商）中只有士人才可能有的感觉。“春风试上粤王台”，游春登台本是平常事，何以有“试”的感觉呢？看下去！

“锦绣山河四面开”，这是登上粤王台之所见，都是“锦绣山河”！记得杜牧的诗吧，“长安回望绣成堆”，那是要失去江山的叹息啊！作者登临显然要对江山沦陷发表感慨了。

果不其然，“今古兴亡犹在眼”，他要重温整个历史了。于是给读者一个清晰的答案：原来他既知道登临必然产生兴亡感慨，又不想它产生，所以犹犹豫豫。何以证明？看末句！作者用潮水的涨落，来比喻朝代的兴亡。兴亡就像潮涨潮落一样，无可阻挡，不必介怀。这是梁佩兰作为文人的独特感想。出以民歌体，实在不大协调。

其一是登山所作，其二则写水景。这首前三句真有点民歌味，而末句，则又露出文人的口吻了。

养马行[1]

清·梁佩兰

原序：庚寅冬，耿、尚两王入粤，广州城居民流离窜徙于乡，城内外三十里所有庐舍坟墓，悉令官军筑厩养马。梁子见而哀焉，作《养马行》。

贤王爱马如爱人[2]，人与马并分王仁。王乐养马忘苦辛，供给王马王之民。马日龁水草百斤[3]，大麦小麦十斗匀。小豆大豆驿递频[4]，马夜龁豆仍数巡[5]。马肥王喜王不嗔，马瘠王怒王扑人。东山教场地广阔[6]，筑厩养马凡千群。北城马厩先鬼坟[7]，马厩养马王官军。城南马厩近大海[8]，马爱饮水海水清。西关马厩在城下[9]，城下放马马散行。城下空地多草生，马头食草马尾横。王谕："养马要得马性情，马来自边塞马不轻。人有齿马，服以上刑。[10]白马王络以珠勒[11]，黑马王络以紫缨[12]，紫骝马以桃花名[13]。斑马缀玉缫[14]，红马缀金铃。"王日数马，点养马丁。一马不见，王心不宁。百姓乞为王马，王不应。

（《六莹堂集》卷三）

注释

1. 行：古典诗歌的一种体裁，音节、格律一般比较自由。2. 贤王：指靖南王耿继茂、平南王尚可喜。“贤王”与下文“王仁”“爱人”等，均反讽语。3. 龁（hé）：吃。4. 驿递：用驿马从远方运来。5. 数巡：多次。6. 东山教场：在今广州中山四路一带，现为广东省人民体育场。7. 北城：今越秀山麓，大北、小北一带。先鬼坟：原先是坟墓。8. 城南：今广州一德路以南。大海：指珠江。粤人称珠江为“珠海”。9. 西关：今广州人民路以西、中山七路以南一带。因历史上地处广州府城西门外，故称“西关”。10. “齿马”句：典出《礼记·曲礼》，“齿路马，有诛”。意思是讨论君王马岁数，亦是不敬，亦被责罚。11. 珠勒：用珠子装饰的马络头。12. 紫缨：紫色的璎珞。13. 紫骝马：白毛红点的马。14. 玉缫（sāo）：用彩色丝线穿起串串玉石以为装饰。

· **诗意广州**

庚寅，即清顺治七年（1650）正月，明降将耿继茂和尚可喜奉清廷命率兵入粤，围剿广州南明政权。十一月破广州城。清兵入广州城后，尽改城乡为牧马场。梁佩兰见之心酸，作此讽刺诗。

开头用“贤王”称呼耿、尚两王，是反讽。前十句虽说“爱马如爱人”，实则尽写爱马不爱人。以后八句，分别从东、北、南、西写两王在广州如何爱马，然后用“马头食草马尾横”一句总括。这句描写的深意在一个字——“横”。有这个字，就足以小结上文了。

以上，作者是按古体诗的形式写的。到这里，他竟忽而改用散句写“王谕”，把“王”爱马的心思和以“法”护马的恶念表露无遗。以下再写他给各种马的装饰、命名等，都围绕着爱马重于爱人来写。最后更有神来之笔：“百姓乞为王马，王不应。”人不如马，到此地步，已经可恶。再来句“王不应”，把百姓更逼得走投无路了！

秋夜宿陈元孝独漉堂读其先大司马遗集感赋[1]（其四）

——清·梁佩兰

至今亡国泪[2]，洒作粤江流[3]。
黑夜时闻哭，悲风不待秋。
海填精卫恨[4]，天坠杞人忧[5]。
一片崖山月[6]，空来照白头。

（《六莹堂集》卷五）

注释

1. 大司马：陈恭尹父陈邦彦，与陈子壮等起兵反清，攻广州，兵败被杀。史称“岭南三忠”。卒后，永明王赐兵部尚书，相当于汉大司马之职，故称“大司马”。2. 亡国：故国，这里指明朝灭亡。3. 粤江：珠江。4. 海填精卫恨：用“精卫填海”的典故写陈邦彦反清复明，意志坚定，战斗不已。5. 天坠杞人忧：用“杞人忧天”的典故写陈邦彦忧国之亡，力撑危局。6. 崖山：位于广东新会县南大海中。宋末，陆秀夫背负宋帝昺投海于此。这里借指清朝灭明。

陈恭尹和梁佩兰所走的政治道路是不同的，但这并不妨碍他们的友情。梁佩兰虽然到清朝去考取功名，却也不妨碍他对抗清烈士表示最诚挚的敬意。

梁佩兰十分敬重陈邦彦，因此，在独漉堂看到陈邦彦遗集，就留下他充满崇敬之情的六首诗。这是其中一首，最负盛名。

如果这诗按思路按部就班地写，感情的浓度就可能减弱。梁佩兰很在行，他把“至今亡国泪，洒作粤江流”摆在开头，即把按逻辑在后的感觉放在前头，既突出自己的感受，也更符合遗集原作者的感情。陈邦彦满满的心思无非复国，亡国而复国不得，所以其泪就有珠江那么多了。

亡国，是件悲痛事，颔联的“哭”与“悲”，是补充说出“亡国泪”的成因。

那么，何以有哭有悲？颈联“海填精卫恨，天坠杞人忧”回答的就是这问题：陈邦彦恨自己复国无力，整日忧心忡忡，这是最根本的症结。——如此看来，梁佩兰这三联是完全颠倒逻辑来写的。但他写得很合诗法。应该说，唯其如此，诗才更饱满、更动人。

最后，以写景来暗喻有心无力，且不忘“崖山”，是对开头的好呼应。

海幢寺观大水西下[1]

清·沈用济

郁水西来万壑奔[2]，倒翻塔影荡云根[3]。
中间一束高腰峡[4]，直放惊涛出海门[5]。

（《清诗别裁集》卷二十五）

注释

1. 海幢寺：在今广州市同福中路和南华中路之间。建于明代，清初大规模扩建，成为广州“四大丛林”之冠。明清时期的海幢寺，北临珠江，寺院北门就是珠江南岸。2. 郁水：即西江。自广西梧州流入广东封川、德庆、高要至广州。3. 云根：云起之处，指江石。云触石而生，所以称云根。4. 高腰峡：即高要峡，又名羚羊峡，在高要县东。5. 海门：海口。内河通海之处。唐韦应物《赋得暮雨送李胄》：“海门深不见，浦树远含滋。”

作者介绍

沈用济，生卒年不详，清初诗人，字方舟，浙江钱塘（今浙江杭州）人。康熙年间国子监学士。一生游历甚广，在粤与屈大均、梁佩兰等交善。著有《方舟集》。

清初，海幢寺就在珠江边，距离白鹅潭不远。而白鹅潭正是西江——即郁江入海必经之地。那年月，水大之时，在白鹅潭以南，就是茫茫大海。因此，身处海幢寺而看西江发大水，应该是很壮观的。这诗的好处，就是作者能够写出这种壮观来。

“郁水西来万壑奔”，“西来”即李煜所谓“向东流”，是一往无前的样子。“万壑”可见水之多，“奔”可见其气势之猛。

“倒翻塔影荡云根”，西江江岸高耸的佛塔，水势大时，它的影子就在云根摇荡。这句观察入微，很能够说明水势之大。

“中间一束高腰峡，直放惊涛出海门”，在海幢寺是无论如何都看不到羚羊峡的，但诗人自有“心灵之眼”，无远弗届。沈氏为说明“大水势”的由来，就得指出羚羊峡的作用。这峡像个水闸放水一样，让水流尽显其居高临下的气势，化作“惊涛”而奔向大海。这里的“束”字用得真好，让读者能感觉到那股眼不能见的“势”！

花田[1]

清·沈用济

埋玉传南汉[2]，花田今尚存。
雪中香不散[3]，烟外月无痕。
芳草寻诗路，青旗卖酒村。
漫将蝴蝶数，一一美人魂。

（《清诗别裁集》卷二十五）

注释

1. 花田：在今广州市西南郊，亦称素馨斜。相传南汉刘张美人字素馨者葬于此。2. 玉：代指美人。3. 雪中：素馨花洁白，花开似雪。

花田，本来是埋葬宫人之处，但这首诗却把花田写得很美。从字里行间，读者可以感觉到作者对此地的特别情怀。他既有对宫人的怜惜，也有对历史变迁的无奈。

“埋玉传南汉，花田今尚存”，交代了史实，而把掩埋在此的宫人比作美好的“玉”，已是感情的流露。

“雪中香不散，烟外月无痕”，这里种的一律是素馨花，花洁白，所以作者拿雪和月相比。而素馨花的奇香是雪和月都无法比拟的，因此以“不散”予以突出。无论看或嗅，都很美好。

“芳草寻诗路，青旗卖酒村”，宫人，普通人而已，所以，花田也只是普通地域，而且如今已变成游乐之地，可以随便来吟诗喝酒的。这两句作者已经从“花田是宫人墓”的史实跳脱了出来，坐实了自己的游客身份。

“漫将蝴蝶数，一一美人魂”，这完全是游客的口吻，而其想象力则很值得称道。花田，肯定多蝴蝶，而这里又是宫人墓聚集处，所以把蝴蝶想象为“美人魂”，很符合当时的情思。用王国维的话说，那是很有境界的诗句！

夜泊珠江

清·朱彝尊

潮涌牛栏外[1]，舟停蜑户旁。
月高人不寐，隔浦是歌堂[2]。

（《曝书亭集》卷十六）

注释

1. 牛栏：城门名。有认为是“油栏门”之误。2. 浦：水边，靠近水的地方。歌堂：旧时广州女子出嫁前，其女伴到她家中唱歌，通宵达旦，谓之“坐歌堂”。所唱之歌，叫“劝嫁歌”，内容却大多是抒写离情，骂媒婆，叙述为人媳妇之苦的。

作者介绍

朱彝尊（1629—1709），字锡鬯，号竹垞，秀水（今浙江嘉兴）人。清顺治年间曾参与反清活动，险被牵累，避祸他乡。顺治十三年（1656），应广东高要县知县杨雍建之聘赴广东，在粤期间，与屈大均等明遗民学者交往甚密，各有诗书赠答。工诗古文词，长于考据，开创“浙西词派”，与陈维崧并称“朱陈”，与王士禛称南北两大诗宗（“南朱北王”）；精于金石，热衷购藏古籍，为清初著名藏书家之一。著述甚丰，所辑《词综》是中国词学方面的重要选本。

绘画界有风俗画，用异地人的眼光，发掘出当地特殊的意趣，令人有一种非常新鲜的感觉。诗，有些也可以起到相同作用，朱彝尊这首《夜泊珠江》就是。

朱氏曾一度来广州做官，他的老家浙江嘉兴，虽也属于水网地带，但风土人情毕竟不同。朱氏这诗是能够写出外省人眼中的广州特点的。

“潮涌牛栏外”，珠江边的许多“栏”，是方便货物买卖的交易场所。比如你想买水果，就到“果栏”去，那里的水果品种又多又便宜。朱氏所说的“牛栏”，也许只是“油栏”之误，但不管是“油”还是“牛”，重要的是“栏”。“栏”，靠在水边，那时的广州，海潮漫涌时，可以直扑南门，朱氏这个“涌”字用得非常恰当。

“舟停蜑户旁”，入夜了，肯定要停船，而停在“蜑户旁”，则恐怕朱氏连想也没想过。如此新鲜事，也是应该记录在诗里的。“月高人不寐”，这是个转折。那时入夜人就睡觉的，怎么会“月高”而还不睡呢？答案是：“隔浦是歌堂。”广州的习俗太特别了，竟然有“坐歌堂”的事被他碰上，可能是听得津津有味，才不睡觉吧？

今天，坐歌堂的事已经没有了，但读一读这样的诗，知道曾经有过这样的历史，也不失为一种见识哩。

侍香金童·茉莉[1]

清·朱彝尊

暑雨初过，密叶传香远。忍才露、芳心先掐看。拢髻松松簪一点。便到黄昏，卸时犹恋。　怎得知、午日珠江江上宴[2]。把墙角、篱根齐剪。结取画船屏四面[3]。更有人儿，两鬓都满。

（《曝书亭集》卷二十八）

注释

1. 侍香金童：词牌名。按五代王仁裕《开天遗事》，王元宝常于寝帐床前，雕矮童二人，捧一宝博山炉，自暝焚香彻晓，调名取此。2. 午日：端午日。3. 结取：以彩线穿结成串。

· 诗意广州

朱彝尊能诗能词。这一首也可以看作是写广州风俗的词。

茉莉花，雪白，小而香，很平凡，却很可爱。因此，广州人都喜欢它。

朱彝尊观察细致，词的上阕，写的是平日茉莉花如何得妇女喜爱：花还小小，香已远传。于是妇女们争先恐后簪作头饰。即使到了卸妆时，也还万般不舍。

下阕，特写端午节时茉莉花之抢手。第一，如果在珠江上摆宴席，满船的旮旮旯旯都得有它。除了画船，还有人，也得满头插上茉莉花。

不过，朱氏用语也很得体，他那“把墙角、篱根齐剪”，就用得很有意思。须知，茉莉不是牡丹，一点也不名贵。牡丹培植在名园，茉莉长在哪里？“墙角”“篱根”！都是旮旮旯旯的地方而已。

广州的低调，似乎在朱彝尊时已经如此了。

歌舞冈[1]

清·王士禛

歌舞冈前辇路微，昌华故苑想依稀[2]。
刘郎去作降王长，斜日红棉作絮飞。

（《精华录》卷九）

注释

1. 歌舞冈：在越秀山西北部，为赵佗三月三日修禊之处。南汉主刘龑，在冈前筑石道，夹道种甘菊芙蓉，名曰呼銮道。与群臣游宴冈上，称为游台。2. 昌华故苑：故址在今荔枝湾。南汉后主刘鋹建。

作者介绍

王士禛（1634—1711），字贻上，号阮亭，晚号渔洋山人，新城（今山东桓台）人。清康熙年间历礼部主事、翰林院侍讲，官至刑部尚书。康熙二十三年（1684），奉康熙命入粤，祭告南海，逗留了两个多月，遍览岭南名胜古迹，与粤中人士往来酬唱，并著有《广州游览小志》。诗有一代正宗之称，倡神韵之说。诗集初有《阮亭诗钞》，晚年并历年所刻为《带经堂集》。

王士禛是当时的诗坛领袖，他倡导的是“神韵说”。而细察他的诗，所讲求的是意蕴若隐若露。因而读者读时也就觉得似有深意，却又不能确证。也许这就是他说的“神韵”了。

比如这首诗，涉及南越国和南汉国的历史，但他对这些国的态度如何，却不明说。

“歌舞冈前辇路微”，他来到“歌舞冈”，想起从前这里是南越王的“辇路”，而现在这王家专用路已经荒芜了。于是联想：

“昌华故苑想依稀”，南汉国刘鋹所建的“昌华苑”，也是同一命运。从这些历史故事出发继续联想，又想到：

“刘郎去作降王长”，刘鋹投降宋太宗时，还说过要做“降王长”的话。

至于刘鋹的话可笑还是可怜，作者决不加评论，只是总结一句：“斜日红棉作絮飞”，那歌舞冈种满红棉树，王士禛游览时正值春末，恰好遇到“红棉作絮飞”的景色。既象征史事如云烟，又以“斜日”传达出丝丝感慨。至于是什么感慨，却是连他自己也说不清。

登六榕寺浮图[1]

清·王士禛

六榕不可见，地以大苏名[2]。
白社无人到[3]，苍苔满院生。
塔穷炎海目，山拥粤王城[4]。
欲假南溟翼，扶摇詄上征[5]。

（《精华录》卷九）

注释

1. 浮图：浮屠，梵语“塔”的音译。2. 大苏：苏轼。3. 白社：隐士居所。这里指六榕寺。4. 粤王城：指广州城。5. 詄（dié）：《前汉·礼乐志》，“天门开，詄荡荡。”詄荡荡，天体坚清之状。

六榕寺建于南朝萧梁时，初名宝庄严寺，宋太宗时，改名净慧寺。宋哲宗元符三年（1100），苏轼奉诏北归，途经广州，到寺内游览，被古寺中六棵大榕树所吸引，提笔写下“六榕”二字。此后，这座古寺被更名为六榕寺，并沿用至今。

王士禛这首诗写登六榕寺塔，颇具“神韵”，在于有种空虚寥落之感。第一，说这是“六榕寺”，可是连榕树也不见了。苏东坡名气大，也只是留名而已。第二，这寺是佛教圣地，如果崇奉佛教的人多，一定很热闹的。可是，这里竟是“无人到”，只见到处长满苍苔。第三，登上“浮图”，即塔，学唐人“欲穷千里目”，却只看到海和山。言下之意，是看不到人——他所想看到的人。

如此空虚寥落，只想逃走。而站在高处，不免想起庄子那大鹏，高飞远走，扶摇直上九万里高空，且息于南溟也！

统观全诗，依然是半藏半露的作派！

羊城杂咏[1]（选二）

清·潘耒

其一

崖山尚住宋遗民，文陆当年事苦辛[2]。
穷海不春犹正朔[3]，孤航无主自君臣。
忠魂郁作潮头怒，浩气蒸成蜃阙新[4]。
异代流风多感激，草间时有纳肝人[5]。

其二

南园诗社明初盛，典籍才华最出群[6]。
中叶欧梁推秀婉[7]，末年黎邓擅清芬[8]。
地偏未染诸家病[9]，风竞堪张一旅军。
韶石凄清珠海阔[10]，湘灵雅调至今闻[11]。

（《遂初堂集》卷七）

注释

1. 羊城：广州城别名五羊城的简称。2. 文陆：指文天祥、陆秀夫。临安沦陷，恭帝被俘，陆秀夫与文天祥拥立端宗；端宗死，拥立帝昺，陆任左丞相。崖山兵败，陆秀夫负帝昺蹈海死。3. 正朔：谓帝王新颁的历法。古代帝王易姓受命，必改正朔。此句意思是当时宋朝已亡，但文、陆仍奉帝昺为正统，不改宋朝的正朔。4. 蜃阙：海市蜃楼。5. 纳肝人：指效忠旧君之人。6. 典籍：指孙蕡。7. 欧梁：指欧大任、梁有誉。8. 黎邓：指黎遂球、邓元宵。黎遂球，字美周，番禺人。南明隆武朝官兵部职方司主事，提督广东，兵援赣州，城破殉难。工诗、古文辞，善画山水。邓元宵，东莞人。累官至陕西兵备，后辞归，吟咏自娱。为明末著名诗人。9. 地偏：岭南地区在地域上相对闭塞，不容易被中原、江左习气熏染。诸家病：指明代诗风之弊。10. 韶石：山岩名。在广东曲江（旧属韶州）。传说舜游登此石，奏《韶》乐，因名。11. 湘灵雅调：比喻孙蕡等人诗歌格调之高雅。湘灵，湘水女神。

作者介绍

潘耒（1646—1708），字次耕，又字稼堂，晚自号止止居士，吴江（今江苏苏州）人。顾炎武弟子。清康熙十八年（1679），以布衣举博学鸿词，授翰林检讨，纂修《明史》。生平喜游，曾两度游历岭南。所撰诗文，记游之作颇多。有《遂初堂集》等。

潘耒是顾炎武的弟子，还是有着深深的遗民情结的。第一首诗借宋亡事比喻明亡，对忠臣事迹显得无限向往。

“崖山尚住宋遗民，文陆当年事苦辛”，第一句意思是效忠于旧王朝的还有很多人。第二句特别提起文天祥、陆秀夫，说他们“苦辛”，是开启下文的关键。

“穷海不春犹正朔，孤航无主自君臣”，具体描述他们的“苦辛”：已在“穷海”“孤航”上，可见陆地上已无立足之地了。然而，海上虽不知春夏秋冬，但年号还保留着；家国已经不复存在，而君臣关系还是严格分清。这两句写亡国的君臣非常悲壮，他们是在绝对没有希望的时刻，以其坚持表现其骨气的。

“忠魂郁作潮头怒，浩气蒸成蜃阙新”，华夏文化传统认定，人的“小生命”可以毁灭，而其精神却会融入“大生命”而流传。作者从文陆二人的“忠魂”“浩气”发挥想象，和崖门面对的大海形象结合起来，于是有“潮头怒”“蜃阙新”的创新意境。

前面所写都属过去，而作者实在是为“今”而感慨的。因此，尾联就小结史事而特别有所声明：“异代流风多感激，草间时有纳肝人。”草间的纳肝人是谁？不就是作者自己吗！他在这里表明，自己虽然无一官半职，但效忠明王朝的心却依然存在。

第二首诗是专门评颂广州诗脉的。

明朝初年，孙蕡为首结下的南园诗社，无论在典籍运用上和才华上，都属一流。所以说：“南园诗社明初盛，典籍才华最出群。”

南园诗社的影响巨大，继承者陆续有人。比如欧大任、梁有誉、黎遂球、邓元宵：“中叶欧梁推秀婉，末年黎邓擅清芬”，其诗或秀婉、或清芬，都是佼佼者。

对于南国诗坛，潘氏有自己的评价：“地偏未染诸家病，风竞堪张一旅军。”因为偏处一隅，反而不易受到恶劣的诗风感染。自弹自唱，个性鲜明，具有特别的雄风。

最后作出小结：“韶石凄清珠海阔，湘灵雅调至今闻。”南国的诗，凄清阔大，保留着传统的“雅调”。

珠江棹歌词（选二）——清·查慎行

其一

一生活计水边多[1]，不唱樵歌唱棹歌[2]。

疍子裹头长泛宅[3]，珠娘赤脚自凌波[4]。

其二

剪得青蒲织作篷[5]，平铺如席卷如筒。

往来惯是乘潮便，不使朝南暮北风。

（《敬业堂诗集》卷四十八）

注释

1. 活计：生计。2. 棹歌：行船时所唱之歌。3. 疍子：疍户的成年男子。疍户，过去广东、广西、福建沿海沿江一带的水上居民，世代以船为家。泛宅：谓以船为家。长期居于水上，称为浮家泛宅。4. 珠娘：古时广东、福建一带称女孩为“珠娘”，也泛指青年女子。5. 青蒲：即蒲草。水生植物。嫩者可食，茎叶可供编织蒲席等物。

作者介绍

查慎行（1650—1727），字悔余，号初白，海宁（今属浙江）人。少学文于黄宗羲，受诗法于钱秉镫。清康熙四十二年（1703）赐进士出身，授翰林院编修。晚年应广东巡抚佟陶庵之邀，来游岭南，勾留半年，有诗《粤游集》二卷。对两广风物，多所吟咏。雍正四年（1726），因受其弟查嗣庭事牵累，一度入狱。次年放归，不久病卒。有《敬业堂诗集》。

水上居民基本上没有奔头，生活有一天过一天而已。为了“过日子”，唱歌是少不了的。唱什么呢？就唱自己的生活。所以，文人如果拟作“棹歌”，一定要以水上人的耳目去听去看，以水上人的心去感受。查慎行这两首棹歌，倒是像模像样的。

“一生活计水边多，不唱樵歌唱棹歌”，基本概括了他们的生活实际。樵歌是打柴人的歌，与“水边”没有关系，所以不唱，只唱与生活接近的棹歌。

歌唱的内容，也没有什么大事，只是把生活情景随便唱唱而已：在“水边”生活，所以住在艇子，那就是“长泛宅”。而妇女，为水上生活方便起见，自然要打赤脚了。作为疍民，男子裹头，妇女赤脚，正常！“疍子裹头长泛宅，珠娘赤脚自凌波”！

其二写的是珠江口的特色。别的江，船要帆，唯独珠江口可以不用。疍民关心的只是“篷”，所以“剪得青蒲织作篷，平铺如席卷如筒”，有青蒲，只织可卷可铺的篷，不织帆。为什么？因为“往来惯是乘潮便，不使朝南暮北风”，有潮水可以利用。乘潮而来，乘潮而去，方便得很。不像用帆要借风力，南风该怎样扯，北风又该怎样扯，麻烦！

广州十二月书怀

清·惠士奇

风物娱游子[1]，孤怀强自宽。
鹧鸪知岁暮[2]，鹦鹉诉冬寒[3]。
山上飞鸣好，樊中饮啄安[4]。
可怜珠树鸟[5]，无地避金丸。

（《清诗别裁集》卷二十二）

注释

1. 风物：风光景物、风俗物产。2. 知岁暮：鹧鸪的飞行次数随月份不同，故说“知岁暮”。3. 鹦鹉诉冬寒：鹦鹉性畏寒，能作人言。4. 樊中：笼中。5. 珠树鸟：指翡翠鸟。语出唐陈子昂《感遇》（其二十三）：“翡翠巢南海，雌雄珠树林。”

作者介绍

惠士奇（1671—1741），字天牧，又字仲孺，晚号半农居士，人称红豆先生，江苏吴县（今江苏苏州）人。清康熙四十八年（1709）中进士，授翰林院庶吉士。康熙五十九年（1720），任湖广乡试主考。同年冬奉旨提督广东学政，倡导读经，连任六年。历仕康、雍、乾三朝。有《红豆斋小草》《半农人诗》《咏史乐府》等。

· **诗意广州**

惠士奇，清初人。做官曾被贬，晚年辞官游历，至广州，值暮冬。广州有特殊“风物”，于是“书怀”，即发一点感慨。

“风物娱游子，孤怀强自宽”，特别提出这里“风物”不同，觉得快意。但颇为勉强。因为他毕竟是个不得志的读书人。

特殊“风物”有什么？鹧鸪、鹦鹉都是。作者特别点出这两种飞鸟，是因为它们“知岁暮”，能“诉冬寒”。岁暮、冬寒，正是作者自己的感觉。老了，感觉“冷”了，这是有点寓意的。他的晚年的确会感到凄冷。

鹧鸪“山上飞鸣好”，鹦鹉“樊中饮啄安”，一个自由而生活清苦，一个安稳而失去自由，幸而我都不是。那么，我就好吗？我不过是只翡翠鸟，总担心遭到射击。可怜啊！

珠江竹枝词

清·何梦瑶

看月人谁得月多？湾船齐唱浪花歌[1]。
花田一片光如雪，照见卖花人过河。

（《香石诗话》卷四）

注释

1. 湾船：即“泊船”。浪花歌：即船家所唱的咸水歌。咸水歌是疍民的歌谣。

作者介绍

何梦瑶（1693—1764），字赞调，一字报之，号西池，又号研农，广东南海（今广州）人。与同里劳孝舆、顺德罗天尺等结南香诗社。清雍正八年（1730）进士，授广西岑溪知县，后擢奉天辽阳知州。晚归任粤秀书院山长。有《匊芳园诗钞》等。

· **诗意广州**

清雍正年间，惠天牧督学广东，以《珠江竹枝词》试士。何梦瑶应试，以两首《卖花词》中举，传唱一时。这是其中一首。

竹枝词就是民歌，各地的民歌就在前面加上地方名。既加上地方名，作者就要注意写出当地的特色，形成标准的地方风俗画。

这首诗的“湾船”“浪花歌”“花田”“卖花人过河”，都是广州特有的说法、特有的事物、特有的情景，很能反映广州的神韵。惠士奇试士，在试场能快速写出这样的诗，可见作者平日对广州非常熟悉。

“看月人谁得月多”，这句巧妙地写出月下有很多人，而且他们都暴露在月光下。这是珠江的一大特色：夜里，船民都喜爱离开船舱，到外面纳凉。抓得住特点来写，这正是诗评家觉得他能把握“神韵”的地方。

“湾船齐唱浪花歌”，停船，广州话就叫“湾船”。大家纳凉，没别的事做，就唱歌。唱的自然是船民的“浪花歌”了。

“花田一片光如雪”，笔锋一转，落到“花田”。那是“湾船”的所在。水上人家一边唱歌，一边看，只见那月光——“照见卖花人过河”，船民休息了，花农却还在劳作，他们在花田摘了花，要赶紧渡过珠江卖出去。珠江，广州人习惯叫它作“河”。

何梦瑶所写，的的确确是广州的神韵！

九龙泉[1]

清·杭世骏

鳞甲纷纷逐赭鞭[2]，濂泉上有九龙泉。
蜿蜒互洒浇花雨，踯躅分耕种秫烟[3]。
怒挟疾风穿壁去，懒贪明月抱珠眠。
山僧洗钵频来往，照见条衣瘦影偏[4]。

（《道古堂全集》卷十八）

注释

1. 九龙泉：在白云山蒲涧的上游，下流为大小水帘洞。传说安期生遇九童化为九小龙而泉水冒出，故名。2. 赭鞭：赤色的鞭子。3. 踯躅：这里与蜿蜒同义，形容泉水萦回屈曲的样子。秫（shú）：秫稻，即糯稻，米粒富于黏性。4. 条衣：长衣，这里指袈裟。

作者介绍

杭世骏（1696—1773），字大宗，号堇浦，晚年自号秦亭老民，浙江仁和（今杭州）人。清乾隆元年（1736），召试博学鸿词一等第五，授翰林院编修。清乾隆八年（1743）因上书言事，切直无忌讳，遭帝不满，革除其职。晚年在广州粤秀书院和扬州安定书院担任主讲。工书，善写梅竹、山水小品。著述颇丰，有《道古堂全集》等。

一首好诗，要讲究开合。所谓开，是有广阔的视野和丰富的想象力。所谓合，是扣紧中心。这首诗咏的是“九龙泉”，必须关涉着泉水和龙气来写，要选取与泉水和龙气有关的内容。

“鳞甲纷纷逐赭鞭，濂泉上有九龙泉”，这开篇就豁人耳目，原来这九龙泉如此壮观：在太阳映照下，水珠飞舞，泛着红光，犹如纷纷鳞甲。

“蜿蜒互洒浇花雨，踯躅分耕种秫烟”，这泉飘洒，似雨浇花。涧水长流，有利耕种。用“蜿蜒”“踯躅”拟人化，以“浇花”“种秫”表利民，都充满亲切赞颂的感情。

“怒挟疾风穿壁去，懒贪明月抱珠眠”，在作者的想象中，这水流既是泉，也是龙。龙有龙的威风，所以飞泉下泻，势如穿壁。但这决然不是一条恶龙，入夜它只是静静地躺着，毫无贪念，尽显平和。

正因为九龙泉体现着人世重平和的理念，所以周围名刹不少，出家修持的僧人经常出没：“山僧洗钵频来往，照见条衣瘦影偏。”这句写得好像脱题，细想却依然有理。

宿大通寺[1]

清·张锦芳

略彴微通屧[2]，溪塍浩绕门[3]。
向来携酒客，多自卖花村[4]。
扑地棕梧影[5]，沾衣烟雨痕。
秋蝉强相聒，轧轧自朝昏。

（《逃虚阁诗集》）

注释

1. 大通寺：大通，在珠江南岸芳村花地，“大通烟雨”为宋代羊城八景之一。旧传此地有两井，清晨时冒出薄雾青烟，故名。大通寺，在大通津上，相传高僧达岸于此坐化。2. 略彴（zhuó）：独木桥。3. 塍（chéng）：田径。4. 卖花村：明清时候，广州西南芳村、花地的农民多以种花为业。5. 扑地：遍地。

作者介绍

张锦芳（1747—1792），字粲夫，又字花田，号药房，顺德（今广东佛山顺德）人。清乾隆五十四年（1789）进士，授翰林院编修。在京三年，后因病辞官。与冯敏昌、胡亦常称“岭南三子”；与黎简、黄丹书、吕坚称“岭南四家”。工诗能画。有《逃虚阁诗钞》六卷、《南雪轩文钞》二卷、《南雪轩诗余》一卷。

· **诗意广州**

大通寺在广州花地，是广州城的近郊，其著名景点是“大通烟雨”。诗人“宿”于其寺，对该寺的地方文化气息特别有领会。

“略彴微通屣，溪塍浩绕门”，要过独木桥，然后在水流和田间小径穿行，才到得大通寺门口，这就形象地写出当时的大通寺有多么荒僻。

“向来携酒客，多自卖花村”，推说是说别人，其实是说自己，经过花地携酒来游。写成“携酒客”“卖花村”，诗句就美多了。

“扑地棕梧影，沾衣烟雨痕”，大通寺的特点，是种满了有地方特色的树种，又大又遮阳。正因为树荫多，空气潮润，所以游客总觉得自己的衣衫有“烟雨痕”。用这样的暗喻方式表现“大通烟雨”，避免坐实，是作者的聪明处。

“秋蝉强相聒，轧轧自朝昏”，作者是“宿”在大通寺，所以方方面面都有发言权。恐怕他最不满的就是这些“秋蝉”了。声音“轧轧”，难听而单调，却整日不停。讨厌，然而它们却不知人家讨厌，“强相聒”，硬是非叫不可，你觉得难听，是你的事！

张锦芳只按着自己的感觉写出原貌，并没有“歌颂”或“批判”的预设。

偕虚舟过光孝寺自公房[1]

清·张锦芳

自公池上屋，相就煮春茶。
罗汉尘开绢[2]，菩提雨浸纱[3]。
燕忙朝葺垒[4]，蜂闹晚排衙[5]。
龙目今年好[6]，香闻几树花[7]？

（《逃虚阁诗集》）

注释

1. 虚舟：即黄丹书，字廷授，号虚舟，顺德人，工诗，能书画，时称“三绝”。自公房：光孝寺自上人所住的僧房。2. 罗汉尘开绢：以绢拂拭罗汉上的尘。3. 菩提雨浸纱：菩提叶子经雨水浸渍，叶肉消尽，只余纱状叶脉，称为“菩提纱”。4. 葺垒：修葺燕巢。5. 排衙：旧时主官升座，衙署陈设仪仗，僚属依次参谒，分立两旁，谓之排衙。这里比喻蜂群的喧闹。6. 龙目：龙眼。岭南果树名。春末花开，花小，开时满树幽香。7. 香闻：旧时禅僧常以“闻香”喻悟佛家道理。本诗也暗用此意。

· **诗意广州**

闲适，是这首诗的主调。

“自公池上屋，相就煮春茶”，自上人的房子在“池上”，闲适。朋友来了，招待方式就是“煮春茶”，也是闲适。

“罗汉尘开绢，菩提雨浸纱”，看到的是什么？是清洁罗汉像和处理菩提叶，不是大事，闲适！

“燕忙朝葺垒，蜂闹晚排衙”，“葺垒”“排衙”关乎军事和官事，这里没有。你一定说有，那就指的是燕子和黄蜂了。人不是燕子黄蜂，所以不忙，闲适！

那么，人所关心的是什么？是龙眼果！请看树树开花，清香四溢，多么闲适啊！

木棉花（其二）

清·宋湘

历落嵚崎可笑身[1]，赤腾腾气独精神。
祝融以德火其木[2]，雷电成章天始春[3]。
要对此花须壮士，即谈芳绪亦佳人。
不然闲向江干老，未肯沿街卖一缗[4]。

（《宋湘诗选》）

注释

1. 历落嵚（qīn）崎：本指山高峻的样子。这里用以比喻木棉花的杰出不群。可笑：这里是令人喜爱的意思。2. 火其木：木棉花盛开，一片红艳，犹如祝融以火燃烧其木。3. 章：彰明的意思。这里指木棉花鲜艳的色泽。4. 缗（mín）：指成串的钱。

作者介绍

宋湘（1756—1826），字焕襄，号芷湾，嘉应州（今广东梅州）人。清乾隆五十六年（1791）为广东学政幕宾。曾任广州粤秀书院山长。“梅州八贤”之一。被嘉庆帝赞为“岭南第一才子”。有《红杏山房诗钞》。

·　**诗意广州**

宋湘笔下的木棉花，其实是别具品格的人。他给这人定位，是卓然独立的英雄，绝不是作态依人的弱女子。

“历落嵚崎可笑身”，先从体貌上写木棉树之杰出。“赤腾腾气独精神”，再具象地写其精神。以“赤腾腾”写木棉花，有色泽，有气势，有特点，更显出其“精神”与众不同。

“祝融以德火其木，雷电成章天始春”，这颔联尽量从大处写木棉，以显示它不同于其他的花木。它是火神祝融特别关照的，它引入雷电才有春天。这些都是别的花拍马也赶不上的。

“要对此花须壮士，即谈芳绪亦佳人”，木棉花之高贵也是众花比不上的。不要说花，就算是人，也要壮士和佳人才有资格与它“对”“谈”，一般人嘛，你就走开点！

不错，木棉花也有不逢时的日子，但“不然闲向江干老，未肯沿街卖一缗”：即使怎么倒霉，它仍然会巍巍一树，独立江边，风采依然，哪里肯像沿街叫卖的凡花，只求卖得几个钱！

啊，原来这花高贵如此、耿介如此，拿来比喻卓然独立的英雄，恰如其分！

粤秀峰晚望同黄香石诸子[1]

清·谭敬昭

江上青山山外江，远帆片片点归艭[2]。
横空老鹤南飞去，带得钟声到海幢[3]。

（《万首清人绝句》）

注释

1. 粤秀峰：即越秀山，在今广州市越秀公园内。黄香石：黄培芳，字香石，诗人，与谭敬昭、张维屏合称为“粤东三子”。2. 艭（shuāng）：小船。3. 海幢：指海幢寺，在今广州海珠区同福中路和南华中路之间。

作者介绍

谭敬昭（1774—1830），字子晋，一字康侯，号选楼，广东阳春人。清嘉庆二十二年（1817）进士，官至户部主事。工诗，与黄培芳、张维屏合称“粤东三子”。有《听云楼诗钞》。

· **诗意广州**

“粤秀峰晚望”这类题目很平凡，而诗人就是要就这类平凡的题目，写出不平凡的诗来。

起句“江上青山山外江”奇特，然而合情合理。试想，作者要表现的是粤秀峰之高。人在高处“望”那时水网纵横的广州城，只见山下冈峦起伏，而中间却夹着无数的细流，就只有像谭氏这么写，才能传达广州城的神韵。

次句“远帆片片点归艭”，承接上文继续写“望”，因为粤秀峰高，看得远，所以归舟也只是些“点”。为表现“晚”，作者将视角转移到“归”来的小舟身上。

后两句“横空老鹤南飞去，带得钟声到海幢”，充分显出大家的本领。上文显然处于静态，作为诗歌，下面必须转得灵动。于是作者用了“横空”而“飞去”的“鹤”，略一点染，整个画面就动起来了。作者明知动还不够，末句加了“钟声”，现实的立体感就更足了。

四句诗，句句都俊朗简明，予人以不假思索的感觉。而且，一切都安排得非常妥帖，比如末二句，老鹤“南”飞而“到海幢”，就非常符合广州的地理环境。鹤之多，也是当时广州的实际情况。用个“带”字，也很特别。在他的感觉中，海幢寺的钟声是那老鹤带去的。他把鹤和钟声联系起来了。须知，鹤是道教升仙的乘载物，钟声是佛教警醒世人的工具，两者都具有出世的意味。谭敬昭“同黄香石诸子”登山，这些人都会知其心意的。

珠江竹枝词（选二）

清·谭敬昭

珠海珠江是妾居，柳阴停棹晚船初[1]。
水头潮长卖花去[2]，水尾潮来人卖鱼[3]。

几处春烟横断霞，满江春水飞杨花。
一百五日寒食后[4]，三十三村人卖茶[5]。

（《万首清人绝句》）

注释

1. 停棹：停船。2. 水头：广州方言，指上游。3. 水尾：广州方言，指下游。4. 寒食：节令名。古以冬至日后一百五日为寒食，是日断火寒食。5. 三十三村：广州河南旧有三十三个茶村。

· 诗意广州

用民众口吻歌唱民间生活，是竹枝词的特色。文人拟作，多少也会露出点文人破绽来。但总体来说，有点破绽，也没有大的影响。

第一首诗，首句“珠海珠江是妾居”，是船家口吻了。第二句“柳阴停棹晚船初”，很有意境，却是文人口吻。那时广州南岸多柳树，船家傍晚就随便把船系在一株柳树旁，很自由潇洒。后面两句，“水头潮长卖花去，水尾潮来人卖鱼”，“水头”“水尾”，是只有本地人才这样说的。有潮水，又是广州特色，至于卖花、卖鱼，都是水上人家谋生手段。作者显然对于广州水上居民的生活很熟识，民间口吻也运用得很好。

第二首诗，“几处春烟横断霞，满江春水飞杨花”，两个“春”字，文人作品一般都要避免，而民歌则可以不避。用上“几处”“满江”的字眼，是水上漂移的情景。处处看到断霞与杨花，也就是说，处处是美景。在这样的春光美景中，船民忙什么？“一百五日寒食后，三十三村人卖茶”，原来，这时已到春末，新茶上市了。“河南地”本来就是个产茶区。隔离河南与广州的，是比现在宽阔得多的珠江。三十三村人都要卖茶，可知船家为接送这批卖茶客，要怎么忙活了。

登镇海楼

清·沈元沧

凌虚百尺倚危楼，似入仙台足胜游。
半壁玉山依槛峙[1]，一泓珠海抱城流。
沙洲漠漠波涛静，瓦屋鳞鳞烟火稠。
黄气紫云消歇尽[2]，还凭生聚壮炎州[3]。

（《历代名人入粤诗选》）

注释

1. 玉山：越秀山的别名。2. 黄气紫云：明初永嘉侯朱亮祖见广州有“紫云黄气之异”，怕出皇帝取代明朝江山，因建此楼以镇压之。3. 生聚：繁殖人口，积聚物力。炎州：泛指岭南之地。

作者介绍

沈元沧（1666—1733），字麟洲，号东隅，浙江仁和（今杭州）人。清康熙四十四年（1705）、康熙五十六年（1717），两举副贡。早年文章为毛奇龄、万斯大所赏。曾入武英殿书局任事，授广东文昌知县。有《滋兰堂集》等。

· 诗意广州

沈元沧生活的年代，社会比较安定。所以他登上镇海楼，也不见得有沉重的感慨。但他的眼界开阔，自有一种清拔之气，在同是承平年代的人看来很舒服。

“凌虚百尺倚危楼，似入仙台足胜游”，强调高，高得像进入仙境，所以心满意足。这开头有定调作用：高兴！

高兴的眼光自然远大，所以“半壁玉山依槛峙，一泓珠海抱城流”，看到的山是耸立的，就耸立在栏干边；看到的海水，深而广，环抱着广州城。

还有，就是沙滩，安静的沙滩，没有谁在兴风作浪。还有，就是众多的民居，有烟有火，而且都是“瓦房”——须知，那时能盖瓦房的，都算是“殷实人家”了。广州城，就是平静而富裕啊！难怪作者看着高兴：“沙洲漠漠波涛静，瓦屋鳞鳞烟火稠。”

建镇海楼，本来就是为了镇压此地的“王气”的，所以登楼作诗，就利用它作为结穴，说“黄气紫云消歇尽”，点明平静。然后再接着说句“还凭生聚壮炎州”。进一步提出点希望：现在要讲“生聚”，即发展生产了。把注意力放在建设上，广州才有前途！

初到药洲用石上宋人诗韵[1]（选二）——清·钱大昕

其二

载酒拿舟旧石洲，只今清浅一池流。
斋前九曜芒无损[2]，半似蟠蛟半伏牛。

其三

一勺居然小十洲[3]，仙人掌迹印波流[4]。
南宫诗句从何索[5]，懊恼榕阴大蔽牛。

（《潜研堂集》诗续集卷二）

注释

1. 宋人诗：指宋人许彦先所题诗，“花药氛氲海上洲，水中云影带沙流。直应路与银潢接，槎客时来犯斗牛”。2. 斋前：督学使署前。清代广东督学使署，即药洲遗址。九曜：九曜石，清刘应鳞《南汉春秋》载：“九曜石，在药洲水中，高祖使罪人移自太湖灵璧，浮海而至者。”3. 十洲：道教称大海中神仙居住的十处名山胜境。亦泛指仙境。4. 仙人掌迹：九曜石中一石，上有掌迹，长一尺二寸。5. 南宫：指宋代书画家米芾。米芾曾为英德县尉，到过广州，刻诗石上。

作者介绍

钱大昕（1728—1804），字晓徵，一字及之，号辛楣、竹汀居士，江苏嘉定（今属上海）人。清乾隆十九年（1754）进士，授编修，历官少詹事、广东学政。于经史之学造诣极深，号为清代第一。有《十驾斋养新录》《潜研堂文集》等。

· **诗意广州**

五代时南汉开国皇帝刘龑利用天然池沼凿长湖五百丈，置有名石九座，称“九曜石”，后世俗称“九曜园”。湖中沙洲遍植花药，故称药洲。一说刘龑聚方士炼药于此，故又称药洲。在今广州西湖路一带。

药洲，北宋时为士大夫泛舟游览及避暑胜地。九曜石垒于药洲水上，石上留有许多宋人铭刻。其后湖面日渐缩小，至清代仅存残迹了。所以，当钱大昕初到石洲，眼前所见和他心中向往的，就形成了巨大的落差。

前一首诗，写诗人慕名到石洲，拟泛舟饮酒为乐，没想到眼前的石洲仅存一池浅浅的绿水。诗人读着宋人题诗，遥想当年浩瀚氛氲的湖面，与水中荡漾的云影，甚是感慨。至今九曜石依然保存下来，光泽未损，姿态雄奇，依稀有当年盛况。

后一首诗，起句还是感慨，眼前这一勺池水，曾是宋人诗句中的海上仙洲。海上仙洲是不用想了，现在徒留九曜石上的仙人掌迹。米芾的诗刻也是诗人心心念念的，没想到寻而不见，不知埋没在哪棵大榕树下。

诗人有点懊恼，但是这点懊恼只是浅浅的。不是吗？虽然眼前的石洲没有想象中的壮美，但九曜石并没有叫人失望；虽然米芾的诗刻没有寻找到，但那广茂的榕荫，那在榕荫下恬静休憩的耕牛，是如此富有诗意，更何况，不知哪一棵大榕树下，就埋藏着米芾的诗刻呢！

九日粤秀山登高

清·张维屏

同集者顾剑峰、胡香海、周伯恬、李绍仔、江石生、周南卿、王香谷，主人方伯曾公[1]。

夜闻花塔风铃语[2]，明日天当不风雨。
晓来万里无纤云，倒挽澄江洗天宇[3]。
峨峨南城公[4]，有似古欧阳[5]。
山水之间得真乐，春秋佳日可以对客倾壶觞。
我时愊抑伏闾里[6]，公来挈我翠微里。
坐我越冈之侧[7]、楚庭之巅[8]，吹我以五仙观上之灵风[9]，涤我以鲍姑井中之甘泉[10]，酌我以鹅黄鸭绿之美酒[11]，示我以瑶绳金检之奇篇[12]，使我沈忧得释、烦痫得蠲[13]。
左把稚川袖[14]，右拍安期肩，飞觥脱帽银海眩，斗觉南溟云气浮樽前[15]。
五羊城中十万户，下视漠漠苍苍然。
有人山下一矫首，望见酒龙诗虎皆神仙[16]。
不知今日海内名山百千亿，几人高会罗群贤。
朝台安在哉？歌舞亦消歇。
王宏颇解事[17]，长房莫饶舌[18]。
茱萸之囊系臂求长生，何似菊花之酒长不竭。
百壶欲尽醉兀兀[19]，风马云车去飘忽，山头客散山不孤，一片飞来汉时月。

（《松心诗录》卷三）

注释

1. 方伯：一方诸侯之长，这里泛指地方长官。曾公：名燠，字庶蕃，号宾谷。清嘉庆十五年（1810）迁升广东布政使。2. 花塔：在广州六榕寺内。3. 澄江：指珠江。4. 南城公：指曾燠。曾燠为江西南城人。5. 欧阳：指宋代文学家欧阳修。其《醉翁亭记》有“醉翁之意不在酒，在乎山水之间也。山水之乐，得之心而寓之酒也”。6. 愊（bì）抑：悲哀郁结在心。7. 越冈：指越井冈，又名天井冈、歌舞冈。在越秀山西北面。8. 楚庭：相传为南越最早的宫室名，建于春秋中期。故址在越秀山下，与尉佗宫故址同处。今尚存“古之楚庭”的石牌坊。9. 五仙观：在今广州惠福西路。相传周夷王时，有五位仙人骑五羊降临楚庭，把谷穗赠给广州人，羊化为石。五仙观为奉五仙（谷神）而建。10. 鲍姑井：在今越秀山之西，传说为鲍姑汲水处。鲍姑，晋鲍靓之女，葛洪之妻。11. 鹅黄鸭绿：鹅黄、鸭绿均为酒名。12. 瑶绳金检：以玉为绳，以金为检。检，书函盖。此指珍贵的书册。13. 烦痾（kē）：杂病。蠲（juān）：免除。14. 稚川：葛洪，字稚川，自号抱朴子。少好神仙导养之术，晚年在罗浮山炼丹，相传在此成仙。15. 斗觉：陡觉。南溟：南海。16. 酒龙诗虎：谓正在饮酒赋诗的龙虎般的俊杰。17. 王宏：即王弘。南朝梁萧统《昭明文选·陶渊明传》载，王弘曾在九月九日送酒给陶渊明。王弘为江州刺史，此以比曾氏。18. 长房：即费长房。南朝梁吴均《续齐谐记》载，费长房教桓景于九月九日登高饮酒，妇人戴茱萸囊，以避灾祸。19. 兀兀：酒醉的样子。

作者介绍　张维屏（1780—1859），字子树，又字南山，号松心，晚号珠海老渔，广东番禺（今广州）人。清道光二年（1822）中进士，道光十六年（1836）告假辞官返粤里所，隐居听松园。“粤东三子”之一。有《松心诗录》《国朝诗人征略》。

这诗有点像“意识流”，反映了作者在这一回登高时变化着的感觉。

开头四句写了个狂想：“倒挽澄江洗天宇。”由此看来，作者本来是有大志的。

从“峨峨南城公”到“斗觉南溟云气浮樽前”，写的是自己在失意时得到曾燠公的垂顾，带着出游，受到高规格招待，使自己消除烦闷，飘飘欲仙。

这时，向下望，一片莽莽苍苍，于是想到，如果在下面向上望，就会看到这一群人在喝酒吟诗了。转向诗酒，是咏重九所必要的。

天下如此这般聚会的真不知凡几。然而，越秀山可是个独特的地方，有“朝台”，有“歌舞冈”，但它们都已经荒芜零落。曾经割据一方的南越国，化为乌有了。

割据固然昙花一现，求仙又如何？看来求仙也不如喝酒重要，费长房教人做神仙，简直多余，像王宏那样送酒来才对啊。

人生得意须尽欢，喝得像云那样飘飘然才好。重九的游客会散去，但青山不会因此孤零，“一片汉时月”会飞来和它作伴的。关山月！这样的结尾，好像有点隐喻，起码让人感到凄怆吧。

珠江消夏竹枝词

清·冯询

薯莨衫窄笠丝堆[1]，装束随宜笑口开。
午睡乍醒魂梦脆[2]，绝清三字荔枝来[3]。

（《粟香随笔》卷六）

注释

1. 薯莨衫：薯莨，植物名，块茎煮汁染丝绢为薯莨绸。薯莨绸，又称香云纱，有红黄黑等色，透风防水，适于做夏季衣料，主要产于广东。笠丝堆：即髻笠，用丝线编织的髻网。2. 魂梦脆：形容精神轻松愉快。3. 荔枝来：叫卖荔枝的喊声。“来”，粤语读音为“嚟”，叫卖时往往拖长尾音。

作者介绍

冯询（1792—1867），字子良，广东番禺（今广州）人。与招子庸同为张维屏弟子。清嘉庆二十五年（1820）进士，曾任江西永丰、浮梁知县，升南昌知府。有《子良诗存》。

· **诗意广州**

冯询在南昌知府任上，回忆起南国故乡，写了这组《竹枝词》。诗歌仿民歌风味，写广州珠江河畔的风情。

这首诗写一位卖荔枝的疍家少女。

首两句写她的衣着打扮。她穿的是用植物染料薯莨染色的薯莨纱衫，富有地方特色。“窄”字，既写出衣服的修身，也暗示女孩身材窈窕。“笠丝堆”，写女孩的发髻形状。“堆”字写出她发量的饱满，富有青春活力。她的装束是疍家少女常见的装扮，得体入时；她盈盈浅笑，美丽得恰到好处。

最让诗人留恋怀想的是女孩卖荔枝时的乡音。“荔枝来——”三个字，那样的清脆，久久回荡在梦中。暑夏午睡，睡意将消未消之际，让人分不清人在他乡还是故乡。

珠江河畔那位卖荔枝的少女，那一句清脆的乡音，是诗人对故乡广州最具诗意的回忆。

到广州

清·黄遵宪

秋风独上越王台，吊古伤今几霸才。
表里山河故无恙，逍遥天海此归来。
沧波淼淼八千里，圆月匆匆一百回。
自抚头颅看髀肉[1]，侧身东望重徘徊。

（《人境庐诗草》）

注释

1.髀肉：大腿的肉。典出《三国志·蜀志·先主传》。刘备说："吾常身不离鞍，髀肉皆消。今不复骑，髀里肉生。日月若驰，老将至矣，而功业不建，是以悲耳。"后以"髀肉复生"为自叹壮志未酬，虚度光阴之辞。

作者介绍

黄遵宪（1848—1905），广东嘉应（今梅州）人。字公度，别号人境庐主人。清光绪二年（1876）举人，历任驻日、英、美等国使馆总领事之职。回国后积极参与改良派政治活动。戊戌变法失败后，被革职归乡，郁郁而死。黄遵宪为近代"诗界革命"的倡导者与实践者。自定诗集名《人境庐诗草》。

· **诗意广州**

“秋风独上越王台，吊古伤今几霸才”，“秋风”和“吊古伤今”相应，在一片衰颓的景象中，诗人担忧着列强环伺中的国家形势。但他上的是“越王台”，那是曾有大作为的赵佗建国之地，赵佗的“霸才”是诗人所羡慕的！要是“当今”有这样的霸才出现该多好啊！

“表里山河故无恙”，祖国的山河依旧险要，看起来好像不错。但“逍遥天海此归来”，诗人刚从海外归来，完全知道表面“无恙”的背后是怎么回事。

“沧波淼淼八千里，圆月匆匆一百回”，诗人曾经远在重洋外，度过了月圆月缺不知多少回。

“自抚头颅看髀肉，侧身东望重徘徊”，摸摸自己的头颅——那是个已经不再年轻的头颅了；再看看髀肉——这里用刘备典，“髀肉复生”，让人不由自主地生出光阴虚度、功业未成之叹！

登越秀山顶五层楼

清·康有为

登山缥缈又登楼，风起云飞揽九州。
沧海有时经烬劫[1]，布衣何处不王侯[2]。
袖中纳纳乾坤易[3]，眼底茫茫星汉浮[4]。
云水此身频出入，珠江花发又扁舟。

（《康南海先生诗集》）

注释

1. 烬劫：劫烬，劫灾后的余灰。2. 布衣：借指平民。3. 乾坤易：用袖里乾坤之典，形容登高之后，如成神仙，天地笼于袖中，产生变化。易，变易。4. 星汉浮：星汉如浮在眼底，形容楼高。

作者介绍

康有为（1858—1927），原名祖诒，字广夏，号长素，又号更生。广东南海人，世以“康南海”称之。他是戊戌变法的主要领导人，曾参与“百日维新”，起草变法诏令。变法失败后，逃亡海外，组织保皇会。其诗文、书法皆自成一家。有《康南海先生诗集》等。

- **诗意广州**

康有为在这首诗里表现出来的，是一股年轻锐气。他的遣词造句都散发着一种有所担当的精神。

“登山缥缈又登楼，风起云飞揽九州”，无论动词和形容词，都是活力四射的。其眼光所至，是“九州”，绝非狭小的所在。

“沧海有时经烬劫，布衣何处不王侯”，他想到国家所经受的磨难，用“沧海”去形容，也符合他眼观四海的设定。而想到自己的身份，却虽是“布衣”，而一样有着“王侯”的担当。那种当仁不让的风格清晰表现。

“袖中纳纳乾坤易，眼底茫茫星汉浮”，登高临远，乾坤如纳袖中，天地尽在眼底，让人产生豪迈之情。在国运艰难之际，旋转乾坤的事不见得可以轻易胜任，但对自己还是充满信心的。

既然充满信心，那就义无反顾去闯吧：“云水此身频出入，珠江花发又扁舟。”“频出入”，已经是老将了，这回“又”乘扁舟出发，前景如何？且看珠江，满路是花。好意头啊！

镇海楼（其一）

清·丘逢甲

独上层楼唱越风[1]，尉佗城郭夕阳中。
九州南尽余沧海[2]，万里秋高作寓公。
旌节雄藩秦塞改，衣冠故国楚庭空[3]。
倚栏欲写兴亡感，依旧江山霸气雄[4]。

（《岭云海日楼诗钞》卷二）

注释

1. 越风：越地的民歌。古时广州一带称南越。2. 九州：代称中国。3. 衣冠：衣服和礼帽，借指文明礼教。楚庭：相传为南越最早的官室名，建于春秋中期。故址在越秀山下，与尉佗宫故址同处。今尚存“古之楚庭”的石牌坊。此处用楚庭代指广州。4. 霸气：王霸之气。

作者介绍

丘逢甲（1864—1912），字仙根，号蛰仙、仲阏。出生于台湾苗栗县，祖籍广东嘉应州镇平县（今广东蕉岭）。清光绪十五年（1889）中进士，钦点工部主事，但无意仕途，返回台湾，担任书院主讲，专心教育事业。二十年（1894），甲午中日战争爆发，他率领义军奋起反抗，战败负伤。二十一年（1895）秋，离台内渡广东，举家返抵祖籍镇平县。后携家小寓居潮州，在韩山书院、潮阳东山书院、澄海景韩书院等地任主讲，支持“百日维新”。有《岭云海日楼诗钞》。

· **诗意广州**

丘逢甲登高怀远，心系台湾。

“独上层楼唱越风，尉佗城郭夕阳中”，点题之外，“夕阳中”暗喻国势，“唱越风”则表示怀念当年。特别点出“尉佗”，也就是特别仰慕英雄，为结尾的“霸气雄”张本。

“九州南尽余沧海，万里秋高作寓公”，除交代地理、时令外，还特别提到自己与台湾隔着“沧海”，又无所事事地“作寓公”。

前面写出自己的无可奈何，后面要写的却是猛志犹在。一抑一扬，倍增诗意。“旌节雄藩秦塞改，衣冠故国楚庭空”，广州曾是“秦塞”，而南越凭此显出威武，“秦塞”只是个比喻，反衬出被迫割让宝岛的现实；广州又是保留传统的“楚庭”，只是暂时“空”了，言下之意，是要等待出英雄。

“倚栏欲写兴亡感，依旧江山霸气雄”，回应开头，又照应全篇。落足点在“霸气雄”上，把自己感慨的重点显露出来了。

附录

参考底本

1. 《丁卯诗集》[唐]许浑　宋刻本
2. 《人境庐诗草》[清]黄遵宪　民国本
3. 《广东通志》[清]阮元　清道光二年刻本
4. 《子良诗存》[清]冯询　清光绪刻本
5. 《王文成公全书》[明]王守仁　明隆庆谢氏刻本
6. 《艺文类聚》[唐]欧阳询等　清文渊阁四库全书本
7. 《五百家注昌黎文集》[唐]韩愈　清文渊阁四库全书
8. 《太平御览》[宋]李昉等　四部丛刊三编景宋本
9. 《六莹堂集》[清]梁佩兰　清同治八年秀芷堂刻本
10. 《文山集》[宋]文天祥　四部丛刊景明本
11. 《文苑英华》[宋]李昉等　明刻本
12. 《文溪集》[宋]李昴英　清粤十三家集本
13. 《石屏诗集》[宋]戴复古　四部丛刊续编景明弘治刻本
14. 《东坡全集》[宋]苏轼　明成化本
15. 《北郭集》[明]徐贲　四部丛刊三编景明成化刻本
16. 《兰汀存稿》[明]梁有誉　清康熙二十四年刻本
17. 《汉魏六朝百三家集》[明]张溥　清文渊阁四库全书本
18. 《耳鸣集》[明]王邦畿　清初古厚堂刻本
19. 《西庵集》[明]孙蕡　明弘治十六年金兰馆铜活字本
20. 《曲江集》[唐]张九龄　四部丛刊景明成化本
21. 《后村先生大全集》[宋]刘克庄　四部丛刊景旧钞本
22. 《全唐诗》[清]彭定求等　清文渊阁四库全书本
23. 《汤显祖诗文集》[明]汤显祖　明天启刻本

24.《李群玉诗集》[唐]李群玉　四部丛刊景宋本
25.《怀星堂集》[明]祝允明　清文渊阁四库全书本
26.《宋之问集》[唐]宋之问　四部丛刊续编景明本
27.《宋诗纪事》[清]厉鹗　清文渊阁四库全书本
28.《宋湘诗选》[清]宋湘　清嘉庆十八年玉壶山房刻本
29.《张燕公集》[唐]张说　四部丛刊景明嘉靖本
30.《陈白沙集》[明]陈献章　四部丛刊三编景明嘉靖刻本
31.《武溪集》[宋]余靖　清文渊阁四库全书本
32.《松心诗录》[清]张维屏　清咸丰四年赵惟濂羊城刻本
33.《咏史诗》[唐]胡曾　四部丛刊三编景宋钞本
34.《岭云海日楼诗钞》[清]丘逢甲　民国本
35.《诚斋集》[宋]杨万里　四部丛刊景宋写本
36.《南海百咏》[宋]方信孺　清嘉庆宛委别藏本
37.《思玄堂集》[明]欧大任　清刻本
38.《香石诗话》[清]黄培芳　清嘉庆十五年岭海楼刻嘉庆十六年重校本
39.《独漉堂集》[清]陈恭尹　清康熙刻凌凤翔补修本
40.《泰泉集》[明]黄佐　清文渊阁四库全书本
41.《翁山诗外》[清]屈大均　清康熙刻凌凤翔补修本
42.《黄御史集》[唐]黄滔　四部丛刊景明本
43.《崔清献全录》[宋]崔与之　明嘉靖十三年唐胄邵炼刻本
44.《康南海先生诗集》[清]康有为　民国本
45.《清诗别裁集》[清]沈德潜　清乾隆二十五年教忠堂刻本
46.《渔洋山人精华录》[清]王士禛　四部丛刊景林佶写刻本
47.《敬业堂诗集》[清]查慎行　四部丛刊景清康熙本
48.《御定佩文斋咏物诗选》清文渊阁四库全书本

49.《御选明诗》清文渊阁四库全书本

50.《道古堂全集》[清]杭世骏　清乾隆四十一年刻光绪十四年汪曾唯修本

51.《遂初堂集》[清]潘耒　清康熙刻本

52.《湛甘泉先生文集》[明]湛若水　清康熙二十年黄楷刻本

53.《瑶石山人稿》[明]黎民表　清文渊阁四库全书补配清文津阁四库全书本

54.《增广笺注简斋诗集》[宋]陈与义　元刻本

55.《潜研堂集》[清]钱大昕　清光绪十年长沙龙氏家塾重刻嘉定钱氏潜研堂全书本

56.《曝书亭集》[清]朱彝尊　四部丛刊景清康熙本

图书在版编目（CIP）数据

文学里的广州．诗词 / 谢敏玉，余福智编．— 广州：广州出版社，2023.8（2023.9重印）
（读懂广州）
ISBN 978-7-5462-3508-0

Ⅰ．①文…　Ⅱ．①谢…　②余…　Ⅲ．①古典诗歌—诗集—中国　Ⅳ．
①I217.1

中国版本图书馆 CIP 数据核字（2022）第 179763 号

书　　名　文学里的广州·诗词
Wenxue Li De Guangzhou Shici
出版发行　广州出版社
（地址：广州市天河区天润路 87 号 9 楼、10 楼　邮政编码：510635）
责任编辑　田宇星
责任校对　王俊婕
责任技编　刘雁明
装帧设计　洪　卫　潘焰荣
印刷单位　广州市岭美文化科技有限公司
（地址：广州市荔湾区花地大道南海南工商贸易区 A 幢　邮政编码：510385）
规　　格　787 毫米 ×1092 毫米　1/32
字　　数　192 千
印　　张　9
版　　次　2023 年 8 月第 1 版
印　　次　2023 年 9 月第 2 次
书　　号　ISBN 978-7-5462-3508-0
定　　价　40.00 元

鸣谢

本书出版得到以下单位和个人的大力支持：

广州市文艺评论家协会；
广州博物馆；
广州艺术博物院；
广州十三行博物馆；
广州日报社；
中央广播电视总台播音指导陆洋；
新疆广播电视台播音艺术指导李亚萍；
北京广播电视台节目主持人、节目监制白钢；
广东广播电视台康毅工作室制作人、首席业务指导康毅。

特表谢忱。